D1873524

Hugo auf heißer Spur

Grundschule Harztorwall
für Schüler kath. Bekenntnisses
Robert-Everlien-Platz 1
38300 Wolfenbüttel

Rückgabe spätestens am

FZ DIN 1500

ekz Best.-Nr. 806642.1

Grundschule Harztorwall
für Schüler kath. Bekenntnisses
Robert-Everlien-Platz 1
38300 Wolfenbüttel

Benedikt Weber

Ein Fall für die Schwarze Pfote

Hugo auf heißer Spur

Mit Bildern von Zapf

TULIPAN VERLAG

Die Schwarze Pfote

Charlotte,
Charlie Clever

Fips,
der dickste
Freund der Welt

Merlin,

der geborene Meisterdetektiv

Hugo,

die eiskalte Spürnase

Merlin

Wumms! Mit voller Wucht knallte Merlin mit dem Rücken auf die große blaue Matte. Erst sah er nur Sternchen. Aus den verschwommenen Lichtpunkten formte sich langsam die Deckenbeleuchtung der Turnhalle.

Der fiese Frederik hatte es mal wieder geschafft. Ohne sich anzustrengen, hatte er Merlins Angriff abgewehrt, ihn an seiner Judojacke gepackt und mit einem gekonnten Schulterwurf von den Beinen geholt. Dabei hatte er hämisch gegrinst und gespottet: »Hoffe, es hat schön wehgetan!«

Merlin rappelte sich mühsam auf. Dabei versuchte er, möglichst nicht zu zeigen, dass ihm alles wehtat. Von hinten klopfte ihm jemand freundschaftlich auf die Schulter.

»So, det waars für heute, wa. Jut jemacht, mein Lieba«, sagte Paul Schmitzke, Merlins Judotrainer. Er war erst vor drei Jahren aus Berlin nach Hommelsdorf gezogen. Um sich in dem kleinen Ort sicher zu fühlen, musste man nicht unbedingt Kampfsport betreiben. Wie gefährlich konnte ein Städtchen schon sein, auf dessen Ortsschild jemand das erste O durch ein I ersetzt hatte? Seitdem stand dort: *Himmelsdorf.*

Trotzdem ging Merlin seit fast einem Jahr zum Judotraining. Anfangs hatte er es nur für seine Mutter getan. Denn die war der Überzeugung, dass ein Kurs in Selbstverteidigung einem schmächtigen Jungen wie Merlin nicht schaden konnte. »So schmal, wie er ist, muss er sich doch doppelt wehren können«, sagte sie immer.

Merlin war wirklich ziemlich dünn. Seine Jeans saßen immer auf halbmast. Das war unter den Jungs seines Alters gerade total in. Eigentlich ging Merlin nur noch zum Training, um den fiesen Frederik Penkwitz endlich auch mal auf die Matte zu werfen. Und eines Tages würde er es schaffen.

In der Umkleidekabine schlüpfte Merlin in seine Klamotten: die neuen Jeans, die so angesagt waren, weil sie ganz tief saßen, seinen knallroten Lieblings-Kapuzenpulli und seine grünen Chucks.

Schnell versuchte er, seine unbezähmbaren roten Haare in Ordnung zu bringen. Vergebens. Sie standen in alle Himmelsrichtungen ab. Dabei wollte er doch besonders gut aussehen. Denn Charlotte, seine allerbeste Freundin, holte ihn heute vom Training ab, sie wollten noch zusammen Eis essen gehen.

Charlotte Gymnich und Merlin waren schon seit

der Grundschule befreundet. Mit ihren dunklen Locken und den hellgrünen Augen sah Charlotte nicht nur unglaublich gut aus. Sie konnte auch die geheimsten Geheimnisse für sich behalten und war immer zur Stelle, wenn Merlin sie brauchte. Allerdings konnte sie manchmal auch ein klein wenig nerven. Denn sie war ziemlich klug und wusste alles besser.

Als Merlin sich umgezogen hatte, warf er einen prüfenden Blick in den Spiegel. Zugegeben: Mit seiner neuen Harry-Potter-Brille sah er richtig gut aus. Zum Glück hatte Merlin seine Mutter davon überzeugen können, seine alte Kinderbrille gegen dieses coole Modell einzutauschen.

Erst hatte es sich zwar ein bisschen ungewohnt angefühlt. Aber seitdem ihm Charlotte versichert hatte, wie toll die neue Brille zu seinen vielen Sommersprossen passen würde, trug Merlin sie voller Stolz.

Die Abkürzung

»Kopf hoch, Frederik ist doch nur so fies, weil er keine Freunde hat!« Lächelnd sprang Charlotte von der kleinen Mauer neben dem Fahrradständer, in dem Merlin sein BMX-Rad abgestellt hatte. Anscheinend hatte Frederik es nicht erwarten können, ihr seinen Sieg über Merlin auf die Nase zu binden.

»Außerdem bist du sowieso viel cooler als er!«, sagte Charlotte fröhlich.

Verlegen schloss Merlin sein BMX-Rad auf. Komplimente von Mädchen waren ihm peinlich. Schweigend machten sich die beiden auf den Heimweg. Charlotte war zu Fuß gekommen und Merlin schob sein Fahrrad langsam neben ihr her.

Eigentlich mussten sie immer nur geradeaus an der Bergmannstraße entlanggehen. Doch Charlotte bestand darauf, die Abkürzung zu nehmen. Merlin hatte kein gutes Gefühl dabei. Schließlich wurde es schon langsam dunkel, und die Abkürzung führte über den finsteren Hinterhof des Naturkundemuseums. Aber er wollte vor Charlotte nicht als Angsthase dastehen.

Seine Freundin hatte ihn sofort durchschaut. »Hey, guck nicht so! Es wird uns schon keiner auffressen«, sagte sie mit gespielter Gruselstimme und bog lachend in die dunkle Hofeinfahrt.

Merlin trottete ihr missmutig hinterher. Im Hinterhof des Naturkundemuseums befand sich die ehemalige Schmiede von Hommelsdorf. Seit einigen Jahren stand das gesamte Rückgebäude leer. Die meisten Fensterscheiben des Hauses waren kaputt. Niemand kümmerte sich darum.

Im Sommer, wenn es abends länger hell war, hielt sich Merlin gern auf dem Gelände auf. Dann diente die Schmiede ihm, Charlotte und ihrem gemeinsamen Freund Fips als geheimer Treffpunkt.

Merlin richtete seinen Blick starr auf den Weg vor ihm, um nicht zu den Fenstern des Hauses hinaufzuschauen. Denn er war sicher, dass sich mindestens hinter jedem zweiten ein Monster befand, das sie heimlich beobachtete. Zwar wusste Merlin, dass er sich das nur einbildete. Trotzdem hatte er weiche Knie.

Charlotte hingegen stapfte todesmutig weiter. Geschickt bahnte sie sich einen Weg zwischen Pfützen, altem Gerümpel und Abfallsäcken, die überall verstreut auf dem schmutzigen Steinboden lagen. Merlin musste sich beeilen, um nicht den Anschluss zu verlieren.

Hugo

Das flaue Gefühl in Merlins Magen wurde stärker. Um sich abzulenken, wollte er Charlotte gerade eine völlig unwichtige Frage stellen. Da blieb sie plötzlich stehen. Merlin konnte nicht früh genug reagieren und prallte gegen ihren Rücken.

»Hey, was …?«, fragte er.

»Psst!« Charlotte legte den Zeigefinger an ihre Lippen und blickte sich suchend um. »Hörst du das?«

Merlin rutschte das Herz in die Hose.

»Was denn?«, flüsterte er leise und klammerte sich an Charlottes Jacke.

»Psssssst!« Diesmal klang ihre Stimme noch eindringlicher.

Die beiden hielten die Luft an. Bis auf das leichte Pfeifen des kühlen Abendwindes war es mucksmäuschenstill. Doch dann hörte Merlin es auch: Ein leises, klägliches Wimmern tönte dumpf durch den Hof.

»Oh Mann, Charlie, lass uns abhauen!«, flüsterte Merlin. »Bestimmt sind hier Kidnapper, die ein Kind entführt haben. Wenn sie uns erwischen, dann … mmmpffhhhh …« Weiter kam er nicht, denn Charlotte drückte ihm schnell ihre Hand auf den Mund.

»Beruhig dich, Merlin, du liest zu viele Krimis. Komm, lass uns nachsehen, woher das kommt!« Charlotte ging zielstrebig zu den großen Tonnen neben der alten Ziegelmauer. Es war die dunkelste Ecke des Hinterhofs.

Merlin wollte sie zurückhalten, doch wenn Charlotte sich etwas vornahm, dann zog sie es auch durch. Also trottete Merlin ihr zögernd hinterher. Je näher sie den Tonnen kamen, desto lauter wurde das Wimmern.

Charlotte kletterte auf den Stapel alter Obstkisten, die neben der riesigen grauen Mülltonne standen. »Die hier ist es! Los, hilf mir!« Mit beiden Armen versuchte sie, den Deckel nach oben zu drücken.

Bei dem Gedanken, was sie im Innern der Tonne erwarten könnte, wurde Merlin ganz anders. Doch er wollte vor Charlotte auf keinen Fall als Feigling dastehen. Also nahm er seinen ganzen Mut zusammen und stemmte sich von unten mit aller Kraft gegen den schweren Deckel.

»Ja, gut so, du schaffst es!«, feuerte Charlotte ihn an.

Mit einem lauten Quietschen hob sich die Klappe Zentimeter um Zentimeter. Auf halber Höhe rastete sie ein und blieb geöffnet stehen.

Von ihrer erhöhten Position auf den wackeligen Obstkisten konnte Charlotte als Erste sehen, was sich in der Tonne befand. Angewidert rümpfte sie die Nase. »Uuuuh, wie das stinkt!«

Merlin stellte sich auf die Zehenspitzen und lugte über den Rand. Zwischen blauen Müllsäcken, alten Plastikflaschen, schimmeligen Essensresten und einem rostigen Fahrradgestell entdeckte Merlin einen großen knallroten Schuhkarton. Im Vergleich zum restlichen Abfall sah er überraschend neu aus.

Das Wimmern hatte aufgehört. Dafür fing der Karton plötzlich heftig an zu wackeln. Vor Schreck fiel Merlin rückwärts auf den Hosenboden. Als er sich wieder aufgerappelt hatte, hing Charlotte kopfüber in der Tonne.

Dumpf hörte er sie rufen: »Ich hab ihn! Zieh mich raus!«

Nachdem Merlin ihr aus der Tonne geholfen hatte, setzte sich Charlotte auf den Stapel Obstkisten. Den wild wackelnden Karton balancierte sie geschickt auf ihren Knien.

»Sollen wir ihn nicht lieber zulassen?« So aufgeregt war Merlin in seinem ganzen Leben noch nicht gewesen. »Nicht, dass da was drin ist, was beißt!«

»Mensch, jetzt stell dich nicht so an, Merlin! Da ist jemand drin, der unsere Hilfe braucht!« Charlotte löste vorsichtig den Klebestreifen, der einmal rund um den Karton gezogen war, und öffnete langsam den Deckel. Und dann sahen sie, wie recht Charlotte hatte. In dem Schuhkarton saß ein zitterndes weißes Fellknäuel und starrte die beiden mit großen Augen an.

»Was is 'n das?«, fragte Merlin erstaunt. Er war sehr erleichtert, dass das, was ihn da anguckte, alles andere als gefährlich aussah. »Ist das ein Iltis oder so was?«

Das Fellknäuel gab zwei klägliche Belllaute von sich.

»Merlin, das ist ein Hund! Den müssen wir retten!«, rief Charlotte.

Auf einmal wackelte der Vierbeiner wie verrückt mit seinem weißen Stummelschwänzchen. So heftig, dass der ganze Körper mitwackelte und der Schuhkarton bebte. Merlin hatte irgendwie das Gefühl, dass der Kleine verstand, was sie sagten.

»Mann, ist der süüüüüß!« Charlotte war begeistert. Sie befreite das kleine Tier aus dem Karton und hielt es vor sich in die Höhe. Seiner Größe nach zu urteilen, mochte der Hund kaum ein halbes Jahr alt sein. Seine vordere linke Pfote war pechschwarz. Sie sah aus, als würde er ein Söckchen tragen.

Rund um sein rechtes Auge war ein schwarzer Fleck. Ein Ohr stand spitz in die Luft, das andere hing abgeknickt nach unten. Seine untere Zahnreihe war ziemlich schief, was ihm ein freches Aussehen verlieh. Und seitlich an der Schnauze hatte er etwas längere, struppige Haare, die wie der Bart eines exotischen Äffchens aussahen.

Der kleine Hund leckte Charlotte zum Dank einmal quer über die Nase. Anstatt angewidert aufzuschreien, drückte sie ihn fest gegen ihre Wange und knuddelte ihn. »Wir brauchen unbedingt einen passenden Namen für ihn!«

»Ich hab schon einen!«, rief Merlin eifrig. Er schnappte sich den Deckel des Schuhkartons, drehte ihn um und deutete auf die Vorderseite. Dort stand in großen, schwarzen Buchstaben:

HUGO

Die Entscheidung

Für den restlichen Heimweg brauchten sie ungefähr viermal so lange wie sonst. Zum Eisessen war es längst zu spät, aber das machte den beiden nichts aus, denn dafür hatten sie Hugo gefunden.

Charlotte bestand darauf, ihn zu tragen. »Oh Mann, Merlin! Der ist sooo süß! Schau mal, wie der guckt!« Charlotte konnte sich gar nicht beruhigen und hatte den kleinen Streuner schon jetzt in ihr Herz geschlossen.

Hugo gab immer wieder ein freudiges Bellen von sich und erkundete mit seinen schwarzen Knopfaugen neugierig alles, was um ihn herum passierte. An der Ecke, an der sie in die Altstadt abbiegen mussten, blieb Merlin kurz stehen. Er beugte sich zu Hugo und stupste ihm sanft auf die Nase. Sofort leckte Hugo ihm zweimal über die Backe. Es fühlte sich nass an. Aber irgendwie war es auch schön.

»Was machen wir denn jetzt mit dem Kleinen?« Merlin sah Charlotte fragend an. Er wünschte sich seit Jahren sehnlichst ein Haustier. Aber sein Vater war strikt dagegen.

»Na, zu mir kann er nicht. Meine Eltern würden durchdrehen«, antwortete Charlotte.

»Aber ich … na ja, du weißt doch, dass mein Vater …«, stammelte Merlin.

»Quatsch, du wirst schon sehen. Wenn du ihm den Kleinen zeigst, kann er gar nicht anders als zustimmen. Sag ihm, Hugo müsste sonst ins Tierheim.«

Charlotte hatte recht. Einem so süßen kleinen Wesen musste man einfach helfen. Das würde sogar sein Vater verstehen.

»Hugo, ab heute wohnst du bei uns!« Glücklich kraulte Merlin den kleinen Vierbeiner unterm Kinn. Hugo reckte sich wohlig und grummelte ein bisschen. Dann legte er leicht schielend den Kopf zur Seite und ließ einen deutlich hörbaren Pups fahren.

»Hey, du kannst mich doch nicht einfach anpupsen!« Charlotte versuchte, möglichst entsetzt zu klingen. Aber sie konnte sich das Lachen nicht verkneifen. Als dann auch noch Merlin losprustete, gab es kein Halten mehr. Die beiden standen lauthals lachend an der Straßenecke und imitierten abwechselnd die wildesten Pupsgeräusche.

Nach ein paar Minuten nahm Charlotte Hugo in beide Hände und streckte ihn Merlin entgegen. »Das ist dein neues Herrchen, Hugo. Sei schön brav und benimm dich!«

Sie hatte kaum zu Ende gesprochen, da fing Hugo an zu pinkeln. Merlin konnte gar nicht so schnell reagieren. In hohem Bogen traf der dünne Strahl seine Schulter.

Charlotte musste schon wieder lachen. »Viel Spaß, ihr beiden! Ich muss jetzt echt nach Hause!« Sie streichelte Hugo sanft über den Kopf und lief, kurz bevor die Fußgängerampel auf Rot umschaltete, über die Straße in Richtung Schlossallee.

Merlin überkam ein wohliges Gefühl. Erstens hatte er Charlotte ganz schön zum Lachen gebracht. Na gut, eigentlich war es Hugos Verdienst. Und zweitens hatte er plötzlich einen eigenen Hund. Da war das bisschen Pipi auf dem Pulli leicht zu verschmerzen.

»Komm, Hugo, wir müssen uns beeilen. Es ist schon ziemlich spät. Mama macht sich bestimmt Sorgen.«

Merlin schwang sich auf sein Rad und fuhr vorsichtig über das Kopfsteinpflaster der Altstadt nach Hause. Die eine Hand hatte er am Lenker, mit der anderen drückte er den kleinen Hund an seine Brust. Hugo war von der ganzen Aufregung so erschöpft, dass er augenblicklich einschlief.

Plan B

Je näher Merlin dem Haus seiner Eltern kam, desto unbehaglicher wurde ihm zumute. Was war, wenn sein Vater nicht so reagieren würde, wie Charlotte es vorausgesagt hatte?

Als er sein Rad durch die Pforte schob und an das alte Gartenhäuschen lehnte, spürte er ein unangenehmes Zwicken im Bauch. Das steigerte sich zu echten Bauchkrämpfen, als er seinen Schlüssel in die Haustür steckte und ihn langsam drehte.

Merlin hatte Hugo vorne in seinem Kapuzenpulli versteckt. So sah er zwar aus, als hätte er einen ordentlichen Bierbauch. Doch der kleine Hund war erst einmal unsichtbar. Wenn man genau hinsah, konnte man die zottelige Schwanzspitze erkennen, die unten herauslugte.

So leise wie möglich betrat Merlin das Haus. Als er gerade versuchte, seine Schuhbänder aufzumachen, ohne den armen Hugo zu zerquetschen, rief seine Mutter aus der Küche: »Wo warst du denn so lange, Merlin? Ich habe mir schon Sorgen gemacht.«

»Äh, ich … also, weißt du, ich … ich hab Charlotte

noch nach Hause begleitet, weil sie mir unbedingt … äh, den neuen Supersportwagen ihres Vaters zeigen wollte«, stotterte Merlin. Eine bessere Ausrede fiel ihm spontan nicht ein.

Charlottes Eltern waren ziemlich reich, und ihr Vater besaß die tollsten Luxusschlitten. Merlins Vater fuhr nur einen weißen Kleintransporter, den er als Mitarbeiter der Stadtwerke zur Verfügung gestellt bekam.

»Ich dachte, Charlotte ist das peinlich«, bemerkte seine Mutter verwundert.

»Äh ja, eigentlich schon …« Merlin musste sich unbedingt etwas einfallen lassen. »Also eigentlich … ja, eigentlich wollte Charlotte nur wissen, ob ich die Farbe auch so schrecklich finde. Knallgelb! Stell dir das mal vor!«

»Na, jetzt bist du ja da. Das Essen ist fertig.«

Puh, das war gerade noch mal gut gegangen!

»Und Papa ist auch schon zu Hause!«, rief seine Mutter.

Oje, auch das noch! Wenn er bloß wüsste, wie er seinen Vater von dem neuen Mitbewohner überzeugen konnte.

»Okay, Hugo, jetzt heißt es Daumen drücken!«, flüsterte er leise. Merlin atmete zweimal tief durch, nahm seinen ganzen Mut zusammen und schlurfte langsam Richtung Küchentür. Seine Knie waren so weich wie die Slimy-Glibberfigur, die er auf dem Jahrmarkt gewonnen hatte.

Kurz vor der Küchentür wollte er den immer noch schlafenden Hugo vorsichtig aus seinem Kapuzenpulli ziehen, um ihn seinen Eltern zu präsentieren. Da schnappte er ein paar Wortfetzen seines Vaters auf. Offensichtlich ging es um Merlins Osterwunschzettel, auf dem ganz oben ein Haustier stand.

»... schon tausendmal gesagt ... kommt mir nicht ins Haus ... und schon gar kein Hund!«, sagte sein Vater.

Es klang, als würde er es ernst meinen. Merlin stand wie angewurzelt da. Von seinem mutigen Entschluss war nicht mehr viel übrig. Schnell drückte er Hugos Kopf wieder zurück unter den Pulli. Das war wohl der denkbar schlechteste Zeitpunkt, um den kleinen Hund seinem Vater vorzustellen.

»Meeerlin, kommst du?«, rief seine Mutter ungeduldig.

»Äh, ja. Sofort, ich ... ich muss nur ganz kurz noch auf die Toilette!«, stammelte er. Jetzt brauchte er so schnell wie möglich einen Plan B.

»Määääääliiiin!« Aus der Küche rief seine kleine Schwester Ida nach ihm. Besser gesagt, sie brüllte so laut, dass sich ihre schrille Stimme überschlug. »Määääääääääliiiiiiiiiiin!«

»Ja, ja. Bin gleich da!« Es gab nur eine Lösung: Er musste Hugo verstecken!

Mit Riesenschritten spurtete Merlin nach oben in sein Zimmer. Hugo wurde dabei unsanft geweckt und strampelte wild mit den Beinen.

Völlig abgehetzt blickte sich Merlin um und suchte ein passendes Versteck. Der Bettkasten! Schnell zog er ihn hervor und setzte den kleinen Hund ganz vorsichtig auf Omas alte, karierte Steppdecke, die auf ihren nächsten Wintereinsatz wartete. Hugo legte den Kopf ein wenig schief und sah Merlin fragend an.

»Pass auf, Hugo! Du musst jetzt ganz brav sein und hier auf mich warten.«

Sofort fing der Hund an, so heftig mit dem Schwanz zu wedeln, dass er fast umfiel. Das war so ziemlich das Niedlichste, was Merlin bis jetzt gesehen hatte. Für ihn war klar, dass er seinen neuen Freund auf keinen Fall wieder hergeben würde.

»Das mit meinen Eltern kriegen wir schon irgendwie hin!«, sagte er, um sich selbst zu beruhigen.

Offensichtlich fand Hugo diese Nachricht so aufregend, dass er vor Freude drei leise Fiepser von sich gab und eine kleine, gelbe Pfütze auf Omas Decke hinterließ. Die würde Merlin erst später sauber machen können, denn es war allerhöchste Zeit, zum Essen hinunterzugehen.

»Määäliiiiiiiiin!«, tönte es wieder aus dem Erdgeschoss.

Merlin schob den Kasten unters Bett. Dabei achtete er darauf, dass ein handbreiter Spalt offen blieb. Dann drehte er das *Zutritt verboten*-Schild an seiner Tür mit dem Totenkopf nach vorne und spurtete nach unten.

Familie Feldmann

Herr Feldmann war eigentlich der coolste Vater, den Merlin sich vorstellen konnte. Immer wenn er Zeit hatte, baute er für seinen Sohn die verrücktesten Erfindungen.

An Merlins Monstertruck hatte er zum Beispiel eine kleine Digitalkamera geschraubt, die sich per Fernsteuerung bedienen ließ. Und in den Tacho an Merlins Fahrrad hatte er einen GPS-Sender eingebaut. So konnte man mit einem speziellen Computerprogramm und per Satellitenempfang das Fahrrad an jedem Ort aufspüren, wenn es mal geklaut wurde. Merlin wollte mit niemandem seinen Vater tauschen. Wenn er nur nicht so strikt gegen Haustiere gewesen wäre.

»Und wer passt dann auf die Viecher auf?«, war der Standardsatz seines Vaters.

Natürlich würde seine Mutter das übernehmen, da war sich Merlin ziemlich sicher. Sie kümmerte sich immer um alles. Da konnte doch ein kleines Haustier kein Problem sein.

Als Merlin sich an den Tisch setzte, war seine Mutter gerade mit der Planung für das nächste Ferienziel der Feldmanns beschäftigt. Neben ihrem Teller ließ sie ein goldenes Pendel kreisen.

»Linksrum bedeutet Italien, rechtsrum Österreich«, erklärte sie verschwörerisch.

Merlins Vater verdrehte die Augen und nahm einen großen Schluck aus seinem Bierglas. Frau Feldmann glaubte fest daran, dass das Pendel die richtige Entscheidung treffen würde.

Als Merlin kleiner gewesen war, hatte er seine Mutter einmal gefragt, ob sie eine Hexe sei. Frau Feldmann hatte nur gelacht und ihm erklärt, sie sei Esoterikerin. Das hätte nichts mit Hexerei zu tun, sondern würde dabei helfen, leichter durchs Leben zu kommen. Merlin konnte mit dem »Esoterikkram«, wie er es nannte, nichts anfangen. Und manchmal ging ihm seine Mutter mit ihrer Leidenschaft auch ziemlich auf die Nerven. Dafür backte sie die besten Kuchen der Welt.

Ida, das jüngste Familienmitglied, thronte sabbernd zwischen Merlin und seiner Mutter in ihrem rosaroten Kinderstuhl. Während des Essens quäkte sie mit vollem Mund ein »Mälin« nach dem anderen.

»Ich weiß, wie ich heiße, Ida!«, sagte Merlin leicht genervt.

Merlins Schwester Ida wurde bald zwei Jahre alt und sah mit ihren dicken Ärmchen und Beinchen und dem blonden Haarschopf ein bisschen aus wie ein Mini-Sumoringer aus einem Comic. Obwohl sie ständig irgendetwas kaputt machte und das *Zutritt verboten*-Schild an seiner Tür ignorierte, konnte Merlin ihr nie wirklich böse sein. Er war sogar ein wenig stolz darauf, der große Bruder zu sein.

Jetzt hatte das Pendel seinen Job erledigt. Freudig flötete Merlins Mutter: »Bellaaaa Itaaaalia!«

Ida blies ihre riesigen Pausbacken auf und versprühte strahlend einen feinen Spaghettisoßen-Nebel über den Tisch. Anscheinend wollte sie auch nach Italien.

Heute brachte Merlin beim Abendessen vor Aufregung fast keinen Bissen herunter. Obwohl es neben Idas Baby-Spaghetti aus dem Glas die Lieblingsspeise der Feldmanns gab: Königsberger Klopse mit Kartoffelpüree. Aber Merlin war mit seinen Gedanken ganz woanders. Immerhin hatte er oben in seinem Zimmer einen Hund versteckt.

»Und, wie war dein Tag? Was hast du Spannendes erlebt?«, fragte sein Vater.

Oje, jetzt musste Merlin cool bleiben.

»Och, nichts«, antwortete er so gelangweilt wie möglich.

Auf seinem Teller lagen sieben Klopse. Die Kapern in der hellen Soße erschienen Merlin wie Augen, die ihn erwartungsvoll anstarrten. Er konnte sie fast rufen hören: »Los, erzähl es ihnen! Na mach schon, jetzt oder nie!«

Aber Merlin traute sich nicht. Zu groß war seine Angst, Hugo wieder hergeben zu müssen.

»Du hast ja noch gar nichts gegessen.« Merlins Mutter streichelte ihm besorgt über den Kopf. Dabei legte sie die Hand kurz auf seine Stirn, um zu überprüfen, ob er vielleicht Fieber hatte.

»Irgendwie hab ich heute nicht viel Hunger.«

Hunger! Er hatte ja ganz vergessen, dass Hugo auch etwas essen musste.

»Aber na gut, ein bisschen esse ich vielleicht doch!«, sagte Merlin schnell. Er zog seinen Teller heran, schnappte sich seine Gabel und machte sich über den ersten Klops her.

Während Merlin überlegte, wie er für Hugo heimlich etwas vom Abendessen stibitzen konnte, diskutierten seine Eltern über die Strahlung von Handys. Frau Feldmann war der Überzeugung, dass Handys ganz fürchterlichen Elektrosmog verbreiteten.

»Da kann man sich auch gleich eine Mikrowelle um den Bauch binden!«

Sein Vater sah das mit den Strahlen ganz anders. »Papperlapapp, die Dinger sind doch heutzutage supersicher abgeschirmt. Und wenn nicht, kannst du die schlechten Energien ja einfach beim nächsten Vollmond ausräuchern.«

Normalerweise hätte Merlin sich in die Diskussion eingemischt. Vielleicht konnte er seinen Vater ja überreden, ihm ein Mobiltelefon zu kaufen. Mittlerweile hatten außer ihm fast alle in seiner Klasse ein eigenes Handy. Doch es gab Wichtigeres zu tun. Immer wenn er einen Klops auf die Gabel gespießt hatte, biss er nur ein kleines Stückchen davon ab und ließ den Rest klammheimlich in seinen Schoß fallen. Von dort nahm er es mit der anderen Hand heraus und steckte es in die seitliche Außentasche seiner Hose.

Nach ein paar Minuten war die Tasche randvoll mit Königsberger Klopsen. Leider war jetzt aber auch seine ganze Hose vollgekleckert. Also häufte sich Merlin eine große Portion Kartoffelpüree mit viel Soße auf seine Gabel und drehte diese kurz vor seinem Mund um. Die ganze Ladung klatschte ihm in den Schoß.

»Oje, jetzt hab ich meine Hose total versaut. Ich lauf schnell nach oben und schlüpfe schon mal in den Schlafanzug!« Im Nu war Merlin aufgesprungen und auf dem Weg in sein Zimmer.

»Was ist mit der Nachspeise?«, rief seine Mutter ihm hinterher. »Es gibt rote Grütze mit Vanilleeis!«

Das war eigentlich Merlins Lieblingsdessert. Doch zum Erstaunen seiner Mutter gab er keine Antwort.

Wauwau, Kaka!

Hugo freute sich wie wild über die Königsberger Klopse. Merlin zog ein Stückchen nach dem anderen aus seiner Hosentasche. Sofort stürzte sich der Hund darauf und schlang gierig alles hinunter. Merlin hatte sich im Schneidersitz auf den Boden gesetzt und ihn aus dem Bettkasten herausgenommen.

Einerseits schwor sich Merlin, dass er Hugo in Zukunft nur noch Trockenfutter geben würde. Andererseits genoss er das Schauspiel, wie der Hund schmatzte, schlabberte und ihn dabei regelrecht anstrahlte. Zwischendurch leckte Hugo Merlin immer wieder wie wild über die Backe.

»Hey, ist ja gut, Kleiner. Morgen besorg ich dir richtiges Hundefutter.«

Zufrieden machte Hugo ein Bäuerchen. Doch dann änderte sich seine Laune schlagartig. Er fing an zu winseln, drehte sich hektisch dreimal um die eigene Achse, erstarrte plötzlich breitbeinig und machte ein kleines, braunes Häufchen, das direkt neben Merlin auf den Teppich plumpste.

Genau in diesem Moment öffnete sich Merlins

Zimmertür, und Ida kam herein. Nach drei wackligen Schritten stolperte sie über ihre eigenen Füße. Mit einem Plumps landete sie auf dem Boden. Erschrocken blickte sie zuerst in einen übel riechenden braunen Haufen und dann in die Augen eines ihr völlig fremden Tieres. Als es sich dann auch noch bewegte, war das zu viel für sie. Ida lief knallrot an und kreischte wie am Spieß.

Jetzt musste Merlin blitzschnell reagieren. Er riss den Bettkasten auf und verfrachtete den völlig verstörten Hugo unter Omas Steppdecke. Dann schob er den Kasten wieder unters Bett und griff angeekelt mit der bloßen Hand nach dem Hundehaufen. Idas schrilles Brüllen wurde abwechselnd von hysterischen »Wauwau«- und »Kakaaa«-Einschüben unterbrochen. Bestimmt würde Merlins Mutter gleich ins Zimmer eilen. Merlin musste also so schnell wie möglich das verräterische Würstchen loswerden.

Mit einem Sprung war er beim Fenster und warf das braune Häufchen im hohen Bogen nach draußen. Er sah gerade noch, wie es auf dem Dach von Herrn Scheurichs frisch poliertem Auto landete.

Da kam auch schon seine Mutter die Treppe herauf. »Was ist denn hier los?«, rief sie vom Treppenabsatz aus.

»Wäääääääääh, Wauwau, Kakaaa!« Ida lag immer

noch bäuchlings im Zimmer und schrie. Merlin wischte seine Hand an der sowieso schon völlig versauten Hose ab, warf sich auf den Boden und bellte.

Frau Feldmann staunte nicht schlecht, als sie ins Zimmer kam. Sie nahm Ida auf den Arm und versuchte, sie zu beruhigen. Sofort hörte die Kleine auf zu kreischen. Nur alle zwei bis drei Sekunden kam ein schluchzendes »Wauwau« oder ein »Kakaa« aus ihrem Mund.

»Merlin, bist du völlig verrückt geworden? Kannst du mir das bitte mal erklären?«

Leider war das gar nicht so einfach. Merlin hasste es, nicht die Wahrheit zu sagen. Aber in diesem Fall musste er sich wohl oder übel wieder eine kleine Notlüge einfallen lassen.

»Also, Ida hat einfach angefangen zu schreien, und da wollte ich sie ein bisschen aufheitern und hab Hund gespielt.« Merlin hockte immer noch auf allen vieren. Um die Glaubwürdigkeit seiner Geschichte zu verstärken, bellte er zweimal laut.

Sofort jammerte Ida wieder.

»Wauuuwaaaaauuuuhuhuhuuu!«

»Jetzt lass den Quatsch, Merlin, siehst du nicht, dass du ihr einen Riesenschrecken einjagst? Und zieh endlich deine Hose aus. Die ist ja völlig verdreckt.«

Mit diesen Worten verschwand seine Mutter

kopfschüttelnd aus dem Zimmer. Erleichtert ließ sich Merlin zur Seite fallen und atmete laut aus. Das war gerade noch mal gut gegangen.

Hugo muss mit

Die erste Nacht verlief ohne weitere Schwierigkeiten. Merlin konnte vor Aufregung fast kein Auge zumachen. Sobald er sicher war, dass seine Eltern tief und fest schliefen, holte er Hugo aus dem Bettkasten und nahm ihn mit unter seine Bettdecke. Der kleine Hund legte seine Schnauze auf Merlins Brust. Er genoss es sichtlich, dass Merlin ihn hinter den Ohren kraulte, und schlief sofort ein. Dabei klang sein Schnarchen wie das eines Erwachsenen. Die Spitze seines linken Ohres zuckte unaufhörlich.

›Bestimmt träumt Hugo von seiner Rettung und dem aufregenden Tag‹, dachte Merlin.

Am nächsten Morgen konnte er Hugo unbemerkt in seinem Schulrucksack aus dem Haus schleusen. Damit der Hund hineinpasste, hatte er den großen Atlas und das Mathematikbuch gar nicht erst eingepackt. Wahrscheinlich riskierte er damit eine Strafarbeit, aber das war es ihm wert. Er konnte Hugo ja schlecht den ganzen Vormittag allein zu Hause lassen.

Zwar bot ihm sein Vater mal wieder an, ihn in

die Schule zu bringen, doch Merlin wollte lieber mit dem Rad fahren. Nicht, dass er Papas weißen Transporter mit der orangefarbenen Aufschrift *Stadtwerke Hommelsdorf* nicht mochte. Aber ein bisschen unwohl fühlte er sich doch, wenn er damit vorgefahren wurde, während manche Kinder mit den dicken Luxusschlitten ihrer Eltern in die Schule chauffiert wurden. Außerdem wollte Merlin nicht riskieren, dass sein Vater Hugo auf der Fahrt entdeckte.

Als Merlin durch das Gartentor radelte, sah er Herrn Scheurich, der laut fluchend mit dem Stiel seines Laubrechens ein kleines, braunes Würstchen von seinem Autodach schubste. Merlin konnte sich ein Lachen nicht verkneifen.

»Hallo Herr Scheurich! Wow, das muss aber ein großer Vogel gewesen sein!«, rief er über den Zaun.

Herr Scheurich brabbelte irgendetwas Unverständliches und drehte mürrisch seinen Gartenschlauch auf.

An der übernächsten Straßenecke hielt Merlin an, stieg von seinem Rad und nahm den Rucksack vom Rücken. Damit Hugo frische Luft bekam, klappte er die Lasche nach hinten um.

»Jetzt siehst du wenigstens was. Aber ja nicht rausspringen, okay?«

Und so radelte ein fröhlich pfeifender Merlin Richtung Hommelsdorfer Gymnasium. Über seiner rechten Schulter sah man Hugos kleine Hundeschnauze, die sich mit flatternden Ohren dem Fahrtwind entgegenstreckte.

Kurz bevor Merlin in den Radweg einbog, der direkt zur Schule führte, hielt er noch einmal an und setzte Hugo auf die Wiese neben dem Sportplatz. Sofort pinkelte der kleine Vierbeiner an den ersten Baum, drehte sich dreimal im Kreis und verrichtete brav auch noch sein großes Geschäft.

»Also Hugo, wir müssen jetzt ein paar Stunden in die Schule. Das heißt, du musst mucksmäuschenstill sein, sonst kriegen wir richtig Ärger.« Merlin wusste keine bessere Lösung, als seinen neuen Freund mit in den Unterricht zu nehmen.

Hugo scharrte kurz mit den Hinterbeinen und sprang sofort wieder in Merlins Rucksack, der neben den beiden auf dem Rasen stand. Nachdem er den Hund noch einmal hinter den Ohren gekrault hatte, schloss Merlin den Rucksack sorgfältig.

Vor der Schule wurde er ungeduldig von Charlotte erwartet. Sie winkte und lief ihm entgegen.

»Und, was haben deine Eltern gesagt?«, fragte sie neugierig.

»Na ja, eigentlich nicht viel.«

»Wie, nicht viel? Irgendetwas müssen sie doch gesagt haben, wenn du einfach einen Hund mit nach Hause bringst«, sagte Charlotte.

»Na ja, eigentlich nicht«, antwortete Merlin.

»Na ja, na ja … Fällt dir nichts anderes ein? Sie haben doch bestimmt nicht einfach gerufen: ›Juhuu, wir haben einen Hund!‹«

»Sie haben Hugo noch gar nicht gesehen«, gestand Merlin kleinlaut.

»Wie, sie haben ihn noch nicht gesehen?« Charlotte blickte ihn ungläubig an. Allmählich dämmerte ihr, dass Merlin seinen Eltern noch nichts von Hugos Rettungsaktion erzählt hatte. »Und wo ist er jetzt?«, fragte sie.

Merlin öffnete seinen Rucksack und ließ seine Freundin einen Blick hineinwerfen.

Charlotte traute ihren Augen nicht. »Bist du verrückt!? Du kannst doch den Hund nicht mit in die Schule nehmen!«

Aber da war es schon zu spät. Im gleichen Moment läutete die Schulglocke zur ersten Stunde. Merlin klappte hastig den Rucksack wieder zu und drückte sich an Charlotte vorbei in das alte Schulgebäude.

Der erste Schultag

In der ersten Stunde hatten Merlin und Charlotte Mathe. Und das ausgerechnet bei der Direktorin der Schule: Gerda Schimmsel. Frau Schimmsel war eine alte, verhärmte Bissgurke, die aussah, als käme sie aus dem vorletzten Jahrhundert. Und sie bestand darauf, mit Fräulein Schimmsel angesprochen zu werden.

»Hopp, hopp, Bücher raus, wir wollen keine Zeit verlieren!«, rief sie mit ihrer nasalen Krächzstimme. Ihre Augen sahen durch die dicken Gläser ihrer altmodischen Brille viel zu groß aus.

Da Merlin es für das Klügste hielt, ihr gleich von dem fehlenden Mathebuch zu berichten, meldete er sich.

»Merlin!«

Wenn Frau Schimmsel jemanden aufrief, hörte es sich an wie das Ächzen eines alten Burgtores, das sich beschwerte, nach Hunderten von Jahren mal wieder geöffnet zu werden.

»Fräulein Schimmsel? Es tut mir leid, aber ich hab mein Mathebuch vergessen.«

Dieses Geständnis führte dazu, dass die Direktorin wie von der Tarantel gestochen auf Merlin zuschoss und direkt vor seinem Tisch stehen blieb. Ihr Gesicht kam bedrohlich näher.

»Feldmann!«, krächzte sie, und dabei trafen Merlin ein paar widerliche Spucketropfen im Gesicht. »Das hat Konsequenzen!« Wie ein ungelenker Zinnsoldat drehte sie sich um und zog wieder Richtung Tafel ab.

So leise wie möglich flüsterte ihm sein Banknachbar Fips ins Ohr: »Du weißt doch, dass die total ausflippt, wenn man ihr olles Buch nicht dabeihat. Pass auf, die Alte ruft dich bestimmt gleich an die Tafel.«

Fips Schuster war Merlins allerbester Freund. Die beiden saßen seit der zweiten Schulklasse nebeneinander. Fips' richtiger Name war Philipp. So wurde er aber nur von Frau Schimmsel und dem Musiklehrer Herrn Lehmann genannt. Und von seiner Mutter, wenn er mal wieder etwas angestellt hatte.

»Ich muss dir was zeigen, Fips«, flüsterte Merlin. Auf die Warnung seines Freundes ging er gar nicht ein. »Aber es darf keiner etwas davon erfahren, versprochen?«

Fips liebte Geheimnisse. Ein breites Grinsen legte sich über sein Gesicht. Dabei verengten sich seine strahlend blauen Augen zu schmalen Schlitzen, die fast komplett von den roten Pausbacken verdeckt wurden. Merlin öffnete seinen Rucksack und ließ Fips einen Blick hineinwerfen. Im Inneren lag Hugo und schnarchte leise vor sich hin.

Fips fiel fast rücklings von seinem Stuhl.

»Das ist ja irre! Merlin, du kannst doch nicht einfach einen Hund mit in die Schule bringen!«, flüsterte Fips und fuhr sich nervös durch seine kurzen blonden Haare. »Wo kommt der denn her?«

Bevor Merlin Fips erklären konnte, was es mit dem kleinen Hund auf sich hatte, passierte es. Hugo hatte anscheinend noch mit den Nachwehen der doppelten Portion Königsberger Klopse zu kämpfen und ließ einen lauten Pups fahren.

Der Hund schlief seelenruhig weiter, als wäre nichts geschehen. Dafür drehte sich die gesamte Klasse mit offenen Mündern zu Merlin und Fips um. Sogar Frau Schimmsel hielt in ihrem Vortrag über Dezimalzahlen inne. Sie starrte durch ihre dicken Brillengläser fassungslos in die Richtung, aus der das Geräusch gekommen war, das so gar nicht in ihre Mathestunde passte.

»Ich war's nicht!«, platzte es aus Fips heraus.

»Na, dann war's wohl Merlin, das miese Stinktier!«, höhnte Frederik. »Der Pupsprinz von Hommelsdorf! Uh, und wie das stinkt!«

Frederik nutzte jede Chance, Merlin vor allen

bloßzustellen. Ein Teil der Klasse fing lauthals an zu lachen. Langsam verbreitete sich ein unangenehmer Gestank im ganzen Klassenzimmer.

Merlin blieb nichts anderes übrig, als die Schuld auf sich zu nehmen. Schließlich sollte Hugo nicht entdeckt werden.

Frau Schimmsel schlug mit dem Lineal auf ihr Pult und kreischte aufgebracht: »Ruhe! Sofort Ruhe! Feldmann, das gibt eine saftige Strafarbeit!«

Fips konnte man für den Rest der Stunde komplett vergessen. Er war so aufgeregt, dass er sich heimlich drei Nugat-Minz-Riegel in den Mund stopfte und nicht mehr auf Merlin reagierte.

Als in der Klasse wieder Ruhe eingekehrt war, setzte Frau Schimmsel den Unterricht fort. Hugo schlief unbemerkt weiter, ohne ein allzu auffälliges Schnarchen oder andere Geräusche von sich zu geben.

Merlin überlegte gerade, was er am Nachmittag mit seinen Freunden und Hugo unternehmen könnte, als er jäh aus seinen Gedanken gerissen wurde. Denn plötzlich sprang Fips auf und bat darum, auf die Toilette gehen zu dürfen. Frau Schimmsel erlaubte es ihm, und Fips machte sich schleunigst auf den Weg.

Leider war er ziemlich tollpatschig, was auch mit seinem Körpergewicht zusammenhing. Er brachte für sein Alter gut und gerne acht Kilo zu viel auf die Waage. Beim Loslaufen blieb er mit dem linken Fuß an Merlins Rucksack hängen und stieß ihn um. Dabei wurde Hugo unsanft aus dem Schlaf gerissen und purzelte heraus. Mitten in den Gang zwischen die Schultischreihen. Dort hockte er nun und wurde von 25 erstaunten Augenpaaren angestarrt.

Frau Schimmsel reagierte als Erste. Sie wurde kreidebleich und stieß einen spitzen Schrei aus. Es gab nur eines, was sie noch mehr hasste als Kinder. Und das waren Hunde.

Hugo schüttelte sich erschrocken, hinterließ vor Aufregung eine kleine Pfütze und raste in Richtung Klassenzimmertür. Die stand wie immer einen Spalt offen, da Frau Schimmsel als Direktorin wissen wollte, wer in ihrer Schule ein und aus ging. Merlin sprang auf und hechtete Hugo hinterher. Zwar hörte er noch, dass seine aufgebrachte Lehrerin irgendetwas von »Nachspiel« brüllte. Doch das war ihm jetzt egal. Er musste Hugo wieder einfangen.

Als Merlin völlig außer Atem aus dem Schulgebäude gelaufen kam, saß Hugo schwanzwedelnd am Tor und erwartete ihn fröhlich.

»Mann, Hugo, das war nicht wirklich der beste erste Schultag für dich!«

Für heute hatte Merlin genug. Außerdem begannen am nächsten Tag sowieso die Osterferien. Glücklicherweise konnte Frau Schimmsel ihn da schlecht bestrafen.

Alles fliegt auf

Immerhin gelang es Merlin auch in den folgenden Tagen, Hugo vor seinen Eltern zu verstecken. Inzwischen hatte er von seinem Taschengeld Hunde-Trockenfutter gekauft. Den Sack verstaute er ganz hinten in seinem Kleiderschrank. Die unzähligen kleinen Häufchen, die Hugo über den Tag verteilt produzierte, warf er kurzerhand auf das Autodach von Nachbar Scheurich. Der ging mittlerweile sicher schon davon aus, dass es in Hommelsdorf eine Riesenvogel-Plage gab.

Am Ostersonntag wurde Merlin unsanft aus dem Schlaf gerissen. Ida hatte ihm eine Lego-Prinzessin in sein linkes Nasenloch gesteckt.

»He, was soll das?«, grummelte er verschlafen.

Ida gluckste vergnügt, patschte Merlin mit ihren kleinen klebrigen Händen auf beide Backen und brabbelte: »Osahaaasi!«

Seine Schwester freute sich schon seit Wochen auf Ostern. Ihre Eltern hatten versprochen, dass der Osterhase höchstpersönlich vorbeikommen würde, um die leckersten Überraschungen im Garten zu verstecken.

›Schön blöd, wenn man noch an den Osterhasen glaubt‹, dachte Merlin und zog die rosarote Plastikfigur aus seiner Nase. Offensichtlich freute sich Hugo auch schon auf die Eiersuche. Idas freudigen Ausruf quittierte er mit einem kurzen Kläffen, das dumpf aus dem Bettkasten zu hören war.

Ida zuckte erschrocken zusammen und riss die Augen auf. Wie in Zeitlupe verzog sie ihr Gesicht, als hätte sie in eine fürchterlich saure Zitrone gebissen, und fing an zu kreischen.

»Bääääähähääääää, Wauuuuwauuuuu!«

»Pssst, nicht so laut, Ida!«, versuchte Merlin sie zu beruhigen. ›Warum muss sie bloß immer gleich losplärren?‹, fragte er sich. Wenn das so weiterging, würde Merlins heimlicher Mitbewohner nur deshalb auffliegen, weil die kleine Heulsuse nicht dichthalten konnte. Denn irgendwann würde sogar sie sprechen lernen und einen ganzen Satz herauskriegen.

Schnell sprang Merlin aus dem Bett, schnappte sich seine Schwester, zog sie aus dem Zimmer und lief mit ihr nach unten. In der Küche war seine Mutter schon mit den Ostervorbereitungen beschäftigt.

»Kinder, Theo, beeilt euch! Sie kommen gleich!«, rief sie nach oben.

Heute sollte alles perfekt sein. Tante Friede hatte

sich angemeldet, denn sie wollte der ganzen Familie Feldmann ihren neuen Lebensgefährten präsentieren.

Merlin lieferte Ida, die sich langsam wieder beruhigte, bei seiner Mutter ab. Da ertönte aus dem ersten Stock plötzlich ein gellender Schrei. Papa! Sofort rannte Merlin wieder nach oben. Dicht gefolgt von seiner Mutter, die Ida auf dem Arm hatte.

»Ja, da wird doch der Hund in der Pfanne verrückt!«, brüllte Herr Feldmann.

Frau Feldmann traute ihren Augen nicht. Mitten im Flur stand ihr Mann in Unterhose, Anzughemd und einer halb gebundenen Krawatte um den Hals. Ein Bein hatte er noch fest auf dem Boden, das andere hielt er in die Luft und streckte seinen Fuß so weit wie möglich von sich. Angeekelt rümpfte er die Nase.

»Kann mir das hier mal bitte jemand erklären!?«, fragte er grimmig.

Das, was er meinte, war deutlich zwischen seinen Zehen zu erkennen: Herr Feldmann war in einen frischen Hundehaufen getreten.

Merlin stockte der Atem. Wie hatte das passieren können?

»Das muss Ida gewesen sein«, versuchte Merlin die Situation zu retten. Seine Schwester trug zwar immer brav ihre Windeln, aber das war Merlin jetzt egal. Er konnte ja schlecht die Schuld auf sich nehmen, sonst hätte er Hugo verraten. Leider sah es nicht so aus, als würde sein Vater auch nur eine Sekunde daran denken, Merlin zu glauben.

»Ach ja?« Merlin hatte seinen Vater bisher nur selten so aufgebracht gesehen. Seine braunen Augen funkelten Merlin wütend durch das eckige Brillengestell an. Die große, kantige Nase wirkte noch imposanter als sonst. »Und wer ist das, bitte schön?«

Merlins Vater zeigte umständlich über seine linke Schulter nach hinten. Mit der anderen Hand hielt er sich am Türrahmen fest, um das Gleichgewicht nicht zu verlieren. Schließlich hüpfte er auf einem Bein etwas zur Seite und gab den Blick ins Badezimmer frei. Familie Feldmann wurde Zeuge eines recht ungewöhnlichen Schauspiels: Auf dem Hocker, den Ida zum Zähneputzen benutzte, stand ein kleiner, weißer Hund auf den Hinterbeinen. Die Vorderpfoten hatte er auf die Klobrille gestemmt, sodass er die Schnauze tief in die Schüssel tauchen konnte. Ein Schlabbergeräusch verriet, dass er die Toilette für einen Trinknapf hielt.

Erst als Ida wieder anfing, lauthals »Wauwau« zu kreischen, nahm Hugo Notiz von seinen Beobachtern und wedelte freudig mit dem Schwanz.

Dabei tropfte ihm Wasser aus dem Maul und bildete eine ordentliche Pfütze auf dem Badezimmerboden. Beim Anblick des freundlichen kleinen Hundes schien Ida alle Angst verloren zu haben und jauchzte vor Begeisterung.

»So ein Mist, wie ist der denn rausgekommen?«, murmelte Merlin leise. Doch dann fiel es ihm wieder ein: Offensichtlich hatte er, als er Ida zu seiner Mutter gebracht hatte, vergessen, seine Zimmertür zu schließen. Hugo musste sich irgendwie aus dem Bettkasten gezwängt haben und war dann aus dem Zimmer gelaufen. Und dabei hatte er sich wohl unterwegs auf dem Teppich im Flur erleichtert.

»Kannst du mir erklären, wie dieses Viech in unser Haus kommt?« Herr Feldmann stand immer noch auf einem Bein in der Tür. Seine Gesichtsfarbe wechselte von Hellgrün zu Knallrot.

»Wieso guckt ihr mich denn alle so an? Ich hab keine Ahnung, woher …«

»Merlin!«, wurde er von seiner Mutter unterbrochen. Sie merkte immer sofort, wenn er nicht die Wahrheit sagte.

Im selben Moment wurde an der Haustür geläutet.

»Oh, nein! Die sind ja viel zu früh!«, rief Frau Feldmann hektisch. »Theo, wasch dir die Füße! Und du, Merlin, räumst das Häufchen weg und ziehst dich an! Ida, dich nehme ich mit!« Sofort hatte Merlins Mutter die Situation im Griff.

»Aber …« Herr Feldmann wartete immer noch auf eine Erklärung.

»Das mit dem Hund besprechen wir später!«, befahl Frau Feldmann. »Bis dahin will ich kein Wort darüber hören! Und jetzt beeilt euch!«

Merlin atmete erleichtert auf. Vielleicht würde ja doch noch alles gut werden.

Tante Friede

Merlin fand Tante Friede ziemlich schrullig. Aber sie war schwerreich. Sogar ultraschwerreich. Sein Vater sagte immer: »Zu Friede müssen wir nett sein. Es wäre doch schade, wenn ihr ganzes Vermögen irgendwann an die Kirche fällt!«

Tante Friede hatte sich heute ganz besonders herausgeputzt: Sie trug ein türkisfarbenes Kostüm, hochhackige Schuhe und einen türkisfarbenen Hut mit rosaroten Federn. Über ihre Augen hatte sie dicken Lidschatten gepinselt. Man konnte, ohne zu übertreiben, behaupten, dass Tante Friede einige Kilo zu viel auf den Hüften hatte. Sie sah aus, als hätte sie unter ihrer Kleidung drei aufblasbare Schwimmreifen um den Bauch geschnallt. Merlin musste an eine abgepackte Mettwurst denken.

»Hallöchen, ihr Lieben!«, trällerte sie durchs ganze Haus. »Die Verwandtschaft ist da!«

Tante Friede war immer ein wenig überdreht. Außerdem sprach sie von sich selbst in der dritten Person und liebte Verniedlichungen. »Schau doch mal, Doris, Tantchen hat ein neues Brillchen!«

Auf ihrer Nase thronte eine knallgelbe Brille, die

an den Seiten wie zwei Schmetterlingsflügel nach oben gezogen war. An den Spitzen funkelte jeweils ein stattlicher Brillant. Merlin erinnerte sie an die Brillen, die in Zeichentrickfilmen immer die strengen Sekretärinnen trugen.

Merlins Mutter trat mit Ida auf dem Arm ein wenig näher, um das gute Stück genauer zu betrachten. Da schnappte sich Ida blitzschnell die schicke Sehhilfe. Sie gluckste zweimal und warf ihre Beute in hohem Bogen auf die Steinfliesen im Eingangsbereich. Dabei zersprangen die Gläser in tausend kleine Scherben, und das Gestell brach in der Mitte auseinander.

»Oje, Ida, was soll das? Die schöne Brille!«, rief Merlins Mutter entsetzt. »Gleich morgen kaufen wir dir eine neue, Friede!«

Doch Tante Friede ließ sich nicht aus der Ruhe bringen. Eines musste man ihr lassen: Sie liebte Ida und Merlin über alles. Deshalb hatten die beiden bei ihr absolute Narrenfreiheit.

»Ach was. Das macht doch gar nichts, Liebchen. Scherben bringen Glück!«, trällerte sie fröhlich. »Und das Tantchen hat noch ein Ersatzbrillchen im Handtäschchen.« Merlins Schwester ruderte mit den Armen und quietschte vergnügt. »Schau mal, Bernilein, ist die Kleine nicht ein Sonnenscheinchen?«

»Bernilein« stand direkt hinter Tante Friede. Er war ihr neuer Freund, und sie wollte ihn heute den Feldmanns vorstellen. Sein richtiger Name war Berno von Schlappenau. Er trug ein etwas spießig wirkendes dunkelblaues Jackett mit goldenen Knöpfen und machte auf Merlin einen gelangweilten Eindruck. Doch als von Schlappenau Merlins Mutter begrüßte, war er von einem Moment auf den anderen wie ausgetauscht.

»Ach, Frau Feldmann, ich habe ja schon so viel von Ihnen gehört. Es ist mir eine außerordentliche Ehre, diesen heiligen Tag mit Ihnen und Ihrer bezaubernden Familie verbringen zu dürfen.«

›Der kennt uns doch noch gar nicht‹, dachte Merlin überrascht.

Charlotte würde diesen von Schlappenau bestimmt sofort als »Oberschleimer« bezeichnen. Merlin wünschte insgeheim, seine Freundin wäre hier.

»Und du bist bestimmt der kleine Marvin!«, sagte Berno von Schlappenau und beugte sich zu ihm herunter.

Zuerst reagierte Merlin nicht. Er fühlte sich alles andere als angesprochen. Erst als seine Mutter ihn anstupste, gab er unfreundlich zurück: »Merlin. Nicht Marvin! Und klein bin ich schon lange nicht mehr!«

Von Schlappenau interessierte das überhaupt

nicht. Er zog sein Jackett aus, hängte es an den Garderobenständer und sagte, ohne sich umzublicken: »Ach, was ist das schön hier!« Dann tätschelte er Tante Friedes Hand und führte sie ins Wohnzimmer.

»Ach, Theo, mein Schatz, hast du nicht ein kleines Weinbrändchen zur Schoki? Für meinen Kreislauf!«, fragte Tante Friede Merlins Vater. Sie machte es sich mit einem Osterei aus Zuckerguss in dem alten Ohrensessel von Merlins Vater bequem. Neben sie platzierte Merlins Mutter Ida in ihrem Babystuhl. Tante Friede bot der Kleinen das Osterei an. »Hier, mein Liebchen, ist das nicht leckerleckerlecker!«

Idas Augen leuchteten, als sie eine Hälfte der Süßigkeit überreicht bekam. Begeistert brabbelte sie los und erzählte Tante Friede – auf ihre Weise –, was sie heute Spannendes erlebt hatte.

»Wauwau!«, sagte Ida und schlug aufgeregt mit ihren Fäusten auf das Tischchen ihres Kinderstuhls. Dabei flogen ein paar Zuckergussstückchen hoch und verteilten sich über den Wohnzimmerboden.

»Wauuwaaaauu!«, wiederholte Ida lautstark.

Hugo hatte die ganze Zeit am Treppenabsatz im ersten Stock gesessen. Als er Idas Belllaute hörte, raste er freudig nach unten. Die ersten Stufen nahm er noch ganz locker. Ungefähr auf der Hälfte des Weges stolperte er jedoch über seine eigenen Vorderpfoten und purzelte den Rest der Treppe hinunter. Mit einem letzten Überschlag landete er unsanft am Türrahmen der Wohnzimmertür.

Tante Friede und ihr Begleiter starrten das Fellknäuel mit offenen Mündern an. Hugo sprang geschickt wieder auf die Beine, schüttelte sich kurz und raste auf Tante Friede zu. Idas »Wauwau«-Rufe klangen immer begeisterter.

Tante Friede war entzückt: »Ach, was bist du denn für ein zuckersüßes Schnuppelchen?«

Ohne zu zögern, sprang Hugo auf ihren Schoß und schnappte sich das letzte Stück Zuckerguss. Als er ihr zum Dank das Gesicht ableckte, musste er sich ganz schön strecken. Merlin sah, wie Berno von Schlappenau angewidert das Gesicht verzog.

»Wer ist denn der süße Kleine?«, fragte Tante Friede und kraulte Hugo am Bauch. Der sabberte vor Begeisterung ein bisschen auf ihr türkisfarbenes Kostüm.

»Also, das, äh …«, stammelte Merlin.

Seine Mutter übernahm das Wort. »Das ist unser neuer Hund. Merlin hat ihn zu Ostern bekommen.«

Merlin blieb die Luft weg. Hatte er richtig gehört? Hatte seine Mutter Hugo wirklich gerade als neues Familienmitglied vorgestellt?

»Theo war erst dagegen«, fuhr sie fort, »aber dann hat er doch zugestimmt. Nicht wahr, Theo?«

Verstohlen schielte Merlin zu seinem Vater hinüber. Der guckte, als würde ein rosarotes Nilpferd im Wohnzimmer stehen. Vor der tierlieben Tante Friede konnte er seiner Frau schlecht widersprechen.

»Äh, ja, natürlich! Ich liebe Hunde«, sagte er mit einem komisch verzweifelten Grinsen.

Eines musste Merlin seiner Mutter lassen: Sie war einfach die beste Problemlöserin der Welt!

Frohe Ostern

Das Eiersuchen wurde ein Riesenspaß. Wie ein echter Spürhund machte Hugo ein Versteck nach dem anderen ausfindig. Ida kroch ihm auf allen vieren quer durch den Garten hinterher.

Immer wenn die beiden ein paar bunte Eier oder einen Schokoosterhasen aufstöberten, blieb Hugo stehen, setzte sich auf sein Hinterteil und bellte zweimal. Ida gluckste begeistert und grapschte nach den Süßigkeiten. Merlin hatte es sich zur Aufgabe gemacht, seiner Schwester die Schokolade aus der Hand zu reißen, bevor sie diese zerquetschte. Was er retten konnte, verstaute er in dem großen Osterkorb, den er sich unter den Arm geklemmt hatte. Die Erwachsenen beobachteten das Ganze von der Terrasse aus.

»Die beiden sind ja so bezaubernd! Und dieses Hündchen, herrlich!«, trällerte Tante Friede.

Ihr neuer Freund stand hinter ihr, tätschelte ihre Schulter und gab ein gelangweiltes »Jaja, ganz entzückend« von sich. Frau Feldmann hatte sich bei ihrem Mann eingehakt und schmiegte ihren Kopf an seine Schulter.

»Da habt ihr mich ja ganz schön an der Nase herumgeführt, sehr geschickt eingefädelt! Aber wie soll man euch auch etwas abschlagen?«, flüsterte er seufzend.

Als Hugo neben dem alten Apfelbaum sitzen blieb und wild bellte, war Merlins Einsatz gefragt. Für Ida war dieses Versteck unerreichbar. Also kletterte Merlin geschickt am Stamm nach oben, schwang sein rechtes Bein über den großen Ast, an dem die Schaukel der Feldmanns befestigt war, und zog sich hinauf.

Jetzt konnte er sehen, was Hugo entdeckt hatte. In der Astgabel direkt über ihm steckte ein gelbrot gestreiftes Geschenk. Mit dickem Filzstift hatte jemand »Für Merlin. Frohe Ostern, dein Tantchen« darauf geschrieben.

Um es zu erreichen, musste Merlin sich auf die Zehenspitzen stellen. Mit der linken Hand hielt er sich in einem großen Astloch fest, und die rechte Hand streckte er, so weit er konnte, nach oben. Mit den Fingerspitzen berührte er beinahe das Geschenk.

Um noch ein paar Zentimeter höher zu kommen, stieg er mit dem linken Fuß auf einen dünnen Ast. Vorsichtig zog er sich weiter nach oben. Genau in dem Moment, als er das Päckchen greifen konnte, brach der Ast mit einem lauten Knacken. Merlin konnte sich gerade noch festhalten. Puh, das war knapp.

»Ich hab's!«, rief Merlin über die Schulter.

Unter ihm umrundete Hugo wie ein Jagdhund den Baumstamm und kläffte. Als Merlin wieder vom Baum geklettert war, rief seine Mutter zum Osterfrühstück. Frau Feldmann hatte den Tisch wie immer liebevoll geschmückt. Es gab bunte Eier und kleine Hasen. In der Mitte saßen in einem Nest aus grünem Moos niedliche gelbe Küken, und um jeden Teller hatte Merlins Mutter einen hübschen Kranz aus weißen und rosa Blümchen gelegt.

Nachdem sich alle an die Ostertafel gesetzt hatten, packte Merlin gespannt sein Geschenk aus.

»Ui, der ist aber cool!« Merlin strahlte über das ganze Gesicht. In seinen Händen hielt er einen grünen Kapuzenpulli. Auf der Brust stand in dicken, gelben Buchstaben: *FBI* – die Abkürzung der amerikanischen Geheimpolizei.

»Weil du doch so gerne Rätsel löst«, erklärte Tante Friede.

Merlin schlüpfte sofort hinein. »Passt perfekt!«, stellte er begeistert fest. »Vielen Dank!«

Hugo lag unter dem Tisch und kaute auf dem braunen Filzhausschuh von Merlins Vater. Den hatte er sich heimlich aus dem Flur stibitzt. Ida saß neben Tante Friede in ihrem Kindersitz und stopfte sich Osterei Nummer sieben in den Mund. Ihr ganzes Gesicht war mit Schokolade beschmiert.

»Jetzt ist aber genug. Sonst wird dir noch schlecht.«

Merlins Vater versuchte ihr die Schokostücke, die noch nicht in ihrem Mund gelandet waren, aus der Hand zu nehmen. Ida gefiel das aber gar nicht. Sie zappelte wie wild auf ihrem Stuhl herum und strampelte energisch mit ihren dicken Beinchen. Dabei flog ein Stückchen von der süßen Trophäe neben Idas Stuhl auf den Teppich.

Sofort ließ Hugo von dem Schuh ab und versuchte, sich den heruntergefallenen Schokorest zu schnappen.

»Hugo, aus!«, rief Merlin.

Er wusste, dass Hunde Schokolade nicht vertragen konnten. Größere Mengen konnten sogar tödlich für sie sein. Doch Hugo schien das wenig zu kümmern. Trotz Merlins Verbot verputzte er jeden einzelnen Krümel und leckte dann noch den Teppich sauber. Ostern schien Hugo ganz besonders zu gefallen.

Berno von Schlappenau

Nach dem zweiten Cappuccino und dem dritten Stück Osterzopf kam Tante Friede so richtig in Fahrt. Ausschweifend berichtete sie, wie sie ihren neuen Lebensgefährten auf ihrer letzten Kreuzfahrt kennengelernt hatte.

»Ach, Kinderchen, es war wie beim *Traumschiff* im Fernsehen. Zum ersten Mal ist mir dieser stattliche junge Mann auf dem Oberdeck aufgefallen. Wie er dastand und sein Haar im Wind wehte …«

Tante Friede hörte gar nicht mehr auf zu schwärmen. Bei jedem romantischen Detail, an das sie sich erinnerte, leuchteten ihre Augen ein Stückchen mehr.

Berno von Schlappenau ergänzte ihre Erzählungen von Zeit zu Zeit mit einem kurzen »Wie recht du hast« oder »Wunderwunderschön«. Tante Friede schien überglücklich. Frau Feldmann hing gespannt an ihren Lippen.

Merlin hingegen fand Tante Friedes Ausführungen schrecklich langweilig. Hin und wieder legte er so unauffällig wie möglich die rechte Hand neben seinen Teller. Langsam schob er sie nach vorne und steckte seinen Zeigefinger in das kleine Schüsselchen mit Fleischsalat, das neben der großen Käseplatte stand. Dann hielt er die Hand neben seinen Stuhl nach unten, und schon stürzte sich Hugo darauf, um sie möglichst gründlich sauber zu lecken.

Das kitzelte ganz schön, aber Merlin konnte sich mit größter Mühe beherrschen, nicht laut loszulachen. Stattdessen grinste er zufrieden. Er konnte es immer noch nicht so recht glauben, dass Hugo nun wirklich sein Hund war und für immer bei ihm bleiben durfte.

Seinen Vater schienen Tante Friedes Beziehungsgeschichten anfangs auch nicht sonderlich zu interessieren. Das änderte sich schlagartig, als sie verkündete: »... und dann ist mein schnuckeliges Traumprinzchen im Abendrot vor mir auf die Knie gefallen und hat mir einen Heiratsantrag gemacht. Hochzeit ist in einem Monat! Ist das nicht traumhaft?«

Herr Feldmann verschluckte sich vor Schreck an einer sauren Gurke. Er lief knallrot an und hustete lautstark. Tante Friede hatte schon des Öfteren einen Freund gehabt, aber heiraten wollte sie bisher noch nie. Und schon so bald!

»Ach, das ist ja wundervoll! Ich freu mich so für euch!« Merlins Mutter sprang auf und umarmte die beiden. »Was sind Sie denn für ein Sternzeichen, Herr von Schlappenau?«

»Äh, also ich, äh, ich bin Waage!« Die Antwort kam etwas zögerlich.

»Waage und Steinbock! Die perfekte Mars-Venus-Verbindung!« Frau Feldmann war voll in ihrem Element. »Und wo wollt ihr heiraten?«

Friede warf ihrem Verlobten einen erwartungsvollen Blick zu.

»Na ja, eigentlich wollte ich die Feier natürlich auf meinem Familienlandsitz in Südfrankreich ausrichten.« Dabei wechselte sein Blick von Frau zu Herrn Feldmann. Dann drehte er sich zu Tante Friede um, nahm ihre Hand und schaute etwas verlegen drein. »Aber leider ziehen sich die Renovierungsarbeiten der Stallungen nun doch länger hin als geplant. Sogar das Wasser aus dem Swimmingpool musste ausgelassen werden. Ich hab es heute erst erfahren. Es tut mir so leid, mein Täubchen.«

Tante Friede war sichtlich enttäuscht. »Wie schade, ich hatte mich schon so gefreut. Na Hauptsache, wir fahren gemeinsam in unsere Flitterwochen in die Karibik, Schnäuzelchen.«

»Aber natürlich, meine Liebste«, säuselte Berno von Schlappenau.

Merlin fand Tante Friedes Freund ziemlich seltsam. Nichts von dem, was er sagte, klang wirklich ehrlich. Irgendwie mochte er diesen von Schlappenau nicht.

Ida hatte die ganze Zeit weitergefuttert. Wie so häufig landete dabei mehr Essen auf dem Boden als in ihrem Mund. Hugo hielt sich deshalb ausschließlich rund um ihren Kinderstuhl auf. Es war wie im Paradies, wo die leckersten Köstlichkeiten vom Himmel regneten.

Als ein kleines Stückchen Osterschinken zwischen Berno von Schlappenaus Lederschuhen landete, versuchte Hugo, es sich mit der Pfote zu angeln.

Von Schlappenau merkte natürlich, dass Hugo sich an seinen Füßen zu schaffen machte. Weil er auf jeden Fall verhindern wollte, dass seine Schuhe dreckig wurden, und weil er Hunde in Wirklichkeit nicht ausstehen konnte, gab er Hugo einen heftigen Tritt. Am Tisch hatte davon niemand etwas mitbekommen, da Tante Friedes Verlobter gerade von seiner wertvollen Oldtimersammlung erzählte. Und das fand sogar Merlin so spannend, dass er einen kurzen Moment nicht auf Hugo geachtet hatte.

»Mein liebstes Stück ist ein Rolls-Royce aus dem ehemaligen Besitz des englischen Königshauses«, gab von Schlappenau mit vor Stolz geschwellter Brust von sich.

Tante Friede himmelte ihn an. »Ach, Bernilein, dieses Schmuckstück soll unser Hochzeitsauto sein!«

Leider konnte Berno von Schlappenau dies nicht hundertprozentig versprechen.

Wie er erklärte, befand sich der Wagen gerade zur Reparatur in England. Und zwar in der Werkstatt, in der auch Prinz Charles Kunde war.

Der süße Duft

Der Fußtritt hatte gesessen. Er hatte Hugo ein wenig nach links geschleudert, sodass er mit dem Kopf ans Tischbein geprallt war. Benommen schüttelte er sich und knurrte leise in Richtung des Übeltäters, der ihm das angetan hatte. Dann zwängte er sich beleidigt unter Idas Stuhl hindurch. Von Schlappenau beschrieb gerade ausschweifend seine edle Pferdezucht und betonte dabei, wie sehr er Tiere liebte.

Hugo trottete aus dem Zimmer. Da er hier offensichtlich nicht erwünscht war, wollte er sich einen anderen Ort suchen. Merlin hatte mal wieder seine Jacke auf den Boden unter der Garderobe geworfen. Das war für Hugo das ideale Plätzchen, um ein kleines Verdauungsschläfchen zu machen. Mit den Vorderpfoten buddelte er sich eine gemütliche Kuhle in die Jacke, drehte sich dreimal im Kreis und ließ sich erschöpft fallen. Seinen Kopf legte er seitlich auf einen von Frau Feldmanns dicken Winterstiefeln, die direkt neben Merlins Jacke standen.

Es war so gemütlich, dass Hugo langsam die

Augen zufielen und er wohlig grummelnd tief ausatmete. Dabei schmatzte er dreimal.

Als er wieder einatmete, strömte ein süßlicher Geruch in seine Nase. Hugo riss die Augen auf, hob den Kopf und schnupperte. Es war wie eine Mischung aus feiner Schokolade, Marzipan und einem blumigen Damenparfum. Aber weder Merlins Mutter noch Tante Friede rochen so.

Jetzt war Hugo neugierig geworden. Er sprang auf und versuchte herauszufinden, woher der Duft kam. Erst beschnupperte er die Schuhe, die unter der Garderobe standen. Doch die rochen eher nach altem Käse. Besonders Merlins Turnschuhe. Hugo schüttelte sich angewidert und nahm sich dann die Jacken an der Garderobe vor. Die von Merlins Vater roch nach altem Leder. Daneben hing Idas kleine, rosarote Daunenjacke, von der der fremde Duft auch nicht ausging, aber er wurde etwas intensiver.

Als Hugo seine Schnauze noch ein wenig weiter nach links schob, wurde er fündig. Der Geruch kam eindeutig von dem altmodischen Jackett, das Tante Friedes neuem Freund gehörte. Er war so schwach, dass eine normale Menschennase ihn sicherlich nicht wahrgenommen hätte. Doch eine Hundenase war um einiges sensibler. Hugo hoffte, im Jackett noch etwas Süßes zu finden. Dabei hatte er heute eigentlich schon genug gegessen.

Von unten konnte Hugo sehen, dass in der linken Tasche ein paar Handschuhe steckten. Also blieb nur die rechte. Das Jackett hing so hoch oben, dass Hugo erst auf die Holzbank neben der Garderobe springen musste, um näher heranzukommen. Hugo streckte sich und bekam einen Zipfel des Jacketts mit seinen Zähnen zu fassen. Dabei kippte er bedrohlich weit nach vorne.

Plötzlich wurden die Stimmen lauter: Tante Friede und Berno von Schlappenau verabschiedeten sich von den Feldmanns und näherten sich der Garderobe. Hugo erschrak und verlor das Gleichgewicht. Dabei stützte er nach vorne, riss das Jackett mit zu Boden und landete unter dem schweren Stoff zwischen den Schuhen der Familie Feldmann.

»Schade, dass wir schon gehen müssen«, beklagte sich Tante Friede.

Berno von Schlappenau seufzte und erklärte: »Ich habe doch noch diesen überaus wichtigen Geschäftstermin. Leider konnte ich den nicht verschieben, mein Täubchen.« Dann sah er sein Jackett auf dem Boden liegen.

»Oh, nein! Mein teures Jackett, auf dem dreckigen Boden«, rief er empört.

»Ach, Bernilein. Ich kaufe dir ein neues«, beruhigte ihn Tante Friede.

In dem Moment, als von Schlappenau sein wertvolles Kleidungsstück aufhob, schlüpfte Hugo rasch unter die Bank und versteckte sich hinter Merlins Basketball, der dort immer lag.

Von Schlappenau hatte ihn nicht entdeckt. Doch die beiden sollten sich schon sehr bald wiederbegegnen.

Ostermontag

»Guten Morgen, Hugo! Na, wie hast du geschlafen?«

Hugo hatte es sich über Nacht im Burghof von Merlins alter Ritterburg bequem gemacht. Er hob leicht den Kopf, öffnete das Auge mit dem schwarzen Fleck und wedelte mit dem Schwanz drei schwer bewaffnete Plastikritter von der Burgmauer. Hugo hatte so gut geschlafen wie noch nie. Im Gegensatz zu Merlin.

»Ich hab nur wirres Zeug geträumt. Erst von Tante Friede, die mit Prinz Charles in einem rosaroten Flugzeug saß. Und dann ritt dieser von Schlappenau auf einer Kanonenkugel am Fenster vorbei, überholte den Flieger und grinste fies.«

Hugo rappelte sich auf, streckte sich und hüpfte über die Burgmauer. Dann nahm er Anlauf und sprang mit vollem Karacho auf Merlins Bett. Noch bevor dieser reagieren konnte, lag Hugo schon auf seiner Brust und leckte ihm ein paarmal quer über das Gesicht.

»Hey, lass das«, kicherte Merlin. Hugos raue Zunge kitzelte ganz schön. »Komm, wir müssen aufstehen. Ich hab Charlie versprochen, dass wir gleich bei ihr vorbeikommen.«

Am Tag zuvor, als der Besuch endlich gegangen war, hatte Merlin sofort seine beste Freundin angerufen und ihr alles erzählt: wie sein Vater Hugo entdeckt hatte und wie es dazu gekommen war, dass er ihn behalten durfte. Auch dass der neue Freund von Tante Friede einen seltsamen Eindruck machte, hatte er erwähnt.

»Charlie hat vorgeschlagen, dass wir uns den Kerl mal vornehmen. Vielleicht finden wir im Internet ein paar Informationen über ihn.«

Zwar konnte Hugo nicht verstehen, was Merlin ihm erzählte. Aber er freute sich so sehr, dass er vor Begeisterung auf Merlins Bettdecke pinkelte.

»Ach, Hugo«, seufzte Merlin, »wie kriegen wir dich nur endlich stubenrein? Eigentlich müsstest du doch aus dem Alter längst raus sein.«

Nach einem schnellen Frühstück, bestehend aus einer großen Schüssel Cornflakes für Merlin und einer kleinen Schüssel Hundefutter für Hugo, machten sich die beiden mit dem Rad auf den Weg.

Merlin hatte sich Hugo unter den rechten Arm geklemmt, und der kleine Hund genoss den Fahrtwind. Mit der linken Hand lenkte Merlin sein Rad geschickt durch Hommelsdorf.

»Wir sind gleich da«, rief er und bog auf den Radweg an der Kaiserstraße ein.

Mit dem Fahrrad war der Weg zu Charlotte in zehn Minuten zu schaffen. Mit Hugo unter dem Arm dauerte es ein bisschen länger. Familie Gymnich wohnte etwas außerhalb des Stadtzentrums in einer Gegend mit vielen großen Grundstücken, auf denen riesige Villen standen. Vor den Häusern parkten fast ausschließlich dicke Luxusschlitten oder schicke Sportwagen.

Das Haus von Charlottes Eltern war eines der größten in der Straße. Obwohl es erst vor ein paar Jahren gebaut worden war, sah es mit den vielen kleinen Türmchen wie ein Schloss aus einem alten Film aus. Vor dem großen Eingangstor stieg Merlin von seinem BMX-Rad und drückte auf den goldenen Klingelknopf. Sofort ging das Tor auf, natürlich automatisch. Merlin schob sein Rad die lange Einfahrt entlang zum Haus. Dort wurde er schon erwartet. Charlotte stand mit einem breiten Grinsen in der Tür und winkte fröhlich.

»Hey, frohe Ostern!«

Als Hugo ihre Stimme hörte, war er nicht mehr zu halten. Er löste sich aus Merlins Griff, purzelte auf den Boden, rappelte sich auf und raste auf Charlotte zu. Mit einem Riesensatz sprang er in ihre offenen Arme. Charlotte drückte und knuddelte ihn. Zum Dank knabberte Hugo an ihrem linken Ohrläppchen.

»Aaaah, das kitzelt!«, rief Charlotte und streckte Hugo mit beiden Armen von sich.

Merlin ahnte, was kommen würde. Er wollte seine Freundin noch warnen. Aber Charlotte reagierte blitzschnell und drehte Hugo zur Seite. In hohem Bogen traf der kleine Strahl in den Rosenstrauch neben der Eingangstür. Merlin war das ziemlich peinlich.

»Tut mir echt leid, aber das haben wir noch nicht so ganz im Griff!«

»Macht doch nichts, den hätte ich sowieso gießen müssen«, antwortete Charlotte lachend und stupste Hugo liebevoll mit ihrer Nasenspitze.

Die Recherche

Charlottes Zimmer lag im ersten Stock des Hauses. Es war doppelt so groß wie Merlins. Auf dem Tisch vor dem Fenster stand Charlottes ganzer Stolz: ein funkelnagelneuer Laptop.

»Tataaa!« Strahlend präsentierte sie Merlin ihr neues Heiligtum und schwärmte von Gigabytes, Speicherkapazität und Download-Geschwindigkeiten. Merlin verstand zwar nur Bahnhof, aber er tat interessiert und nickte anerkennend.

»Das Ding ist der Wahnsinn, damit könnte man einen Toaster bis zum Mond steuern!«, schwärmte Charlotte.

Wenn jemand das schaffen würde, dann sicherlich Charlotte. Davon war Merlin überzeugt. Computer waren ihre große Leidenschaft. Im vorigen Jahr hatte sie bei »Jugend forscht« den ersten Preis gewonnen. Sie hatte ein Computerprogramm geschrieben, mit dem man auf der ganzen Welt vergleichen konnte, wie viel es kostete, eine Glühbirne eine Stunde lang brennen zu lassen.

Charlotte saß bereits an ihrem Schreibtisch und hatte den Laptop hochgefahren. Hugo war auf ihren Schoß gesprungen. Seine Schnauze lag auf der Tischplatte.

»Wie war noch mal der Name von diesem Typen?«

»Berno von Schlappenau«, sagte Merlin spöttisch.

»Nobel, nobel«, antwortete Charlotte belustigt und tippte die Buchstaben in das freie Feld ihrer Internet-Suchmaschine.

Gespannt starrten Merlin und Charlotte auf den Bildschirm. Hugo konnte zwar nicht lesen, tat es aber den beiden gleich. Verwundert sahen sie sich an, als nach einigen Sekunden das Ergebnis des Suchvorgangs erschien: »Keine Treffer gefunden«.

»Das gibt's doch gar nicht!« Charlotte konnte es nicht glauben. »Im Netz findet man über jeden was. Zumindest der Familienname müsste irgendwo registriert sein.«

Aber auch die Suche ohne Vornamen ergab nichts. Charlotte probierte alle möglichen Begriffe und Kombinationen aus. Schlappenau und Südfrankreich, Rolls-Royce und englisches Königshaus, sogar Berno und Schloss. Aber nirgendwo tauchte der Name »von Schlappenau« auf.

»Mit dem stimmt was nicht«, stellte Charlotte fest.

Hugo legte den Kopf zur Seite und bellte zweimal.

»Du hast recht, Hugo. Wir müssen was tun!«, sagte Merlin. »Wir können nicht einfach zulassen, dass Tante Friede einen Mann heiratet, den es gar nicht gibt.«

»Wir sollten ihn beschatten!«, platzte es aus Charlotte heraus.

Merlin guckte sie ungläubig an. »Aber wir sind doch keine Detektive!«

»Du schon!« Lachend tippte sie ihm auf die Brust, genau dort, wo in großen Lettern *FBI* stand.

Merlin war wenig begeistert von Charlottes Idee.

Doch sie brauchte nicht lange, um ihn davon zu überzeugen, dass die geplante Überwachung völlig ungefährlich war. »Es geht doch nur darum, diesen Herrn von Schlappenau ein bisschen genauer unter die Lupe zu nehmen. Ich habe auch schon einen Plan«, sagte sie verschwörerisch. »Erst mal müssen wir herausfinden, wann er bei deiner Tante ist. Und wenn er dann ihr Haus wieder verlässt, starten wir die Verfolgung.«

Der erste Teil des Plans war einfach. Merlin musste nur unter einem Vorwand bei Tante Friede anrufen. Charlotte gab ihm ihr Telefon. Im Gegensatz zu Merlin hatte sie ein eigenes Handy. Es war ein Smartphone, mit dem man sogar im Internet surfen konnte. Damit hatten sie die Nummer von Tante Friede schnell herausgefunden. Nach zweimaligem Läuten nahm Tante Friede ab.

»Friede Feldmann«, trällerte sie in die Leitung.

»Äh, hallo! Ich bin's, äh, Merlin«, stotterte er.

»Ja, hallöchen, mein lieber Merlin. Wie komme ich denn zu der Ehre?«

Was sollte er jetzt nur sagen? Merlin wollte am liebsten einfach wieder auflegen.

Charlotte knuffte ihn in die Seite und flüsterte: »Bedank dich noch mal für deinen Pulli. Und dann frag einfach, ob ihr Freund da ist!«

Auf diese Weise fand Merlin heraus, dass Berno von Schlappenau tatsächlich gerade bei Tante Friede zu Besuch war. Aber in einer halben Stunde würde er wieder gehen, weil er einen wichtigen Geschäftstermin hatte.

Als Merlin endlich auflegen konnte, schnappte sich Charlotte ihre Jacke. »Super, Merlin! Du bist der beste Privatdetektiv, den ich kenne! Sie stürmte zur Tür. »Los, Jungs! Den dürfen wir nicht verpassen!«

Die Verfolgungsjagd konnte beginnen.

Beschatten für Anfänger

Tante Friede wohnte nur vier Straßen von Charlottes Eltern entfernt im Schnepfenweg Nummer dreizehn. Charlotte, Merlin und Hugo machten sich zu Fuß auf den Weg. Von Charlottes Handy aus riefen sie ihren gemeinsamen Freund Fips als Verstärkung dazu.

Kurz bevor sie in den Schnepfenweg einbogen, blieb Merlin stehen und flüsterte: »Es ist das dritte Haus auf der linken Seite. Ab jetzt müssen wir aufpassen, dass uns keiner sieht.«

»Wir können ja schon einmal unseren Beobachtungsposten einnehmen, damit wir nichts Wichtiges verpassen«, meinte Charlotte.

Leicht geduckt schlichen sie in die kleine Sackgasse und pressten sich dabei dicht an die Mauer, die am Straßenrand verlief.

Hugo erkannte sofort, dass Vorsicht geboten war, und machte sich so klein wie möglich. Schräg gegenüber von Tante Friedes Haus stand ein großer, grauer Stromverteilerkasten. Dahinter versteckten sich die drei und beobachteten die Eingangstür. Wenn man von der anderen Straßenseite ganz genau hingesehen hätte, wären einem vielleicht ein paar dunkle Locken, ein roter Haarschopf und eine weiße Hundeschnauze aufgefallen, die hinter dem Stromkasten hervorlugten.

Merlin guckte nervös auf seine Uhr. »Die halbe Stunde ist fast vorbei! Wo bleibt Fips denn nur?«

In dem Moment wurde auf der anderen Seite der Straße Tante Friedes Haustür geöffnet. Charlotte und Merlin hielten die Luft an. Berno von Schlappenau verabschiedete sich von Tante Friede mit einem flüchtigen Luftkuss. Hugo knurrte leise, als er direkt auf sie zukam.

»Pssst, Hugo!«, wies ihn Merlin flüsternd zurecht.

Berno von Schlappenau ging den gegenüberliegenden Gehweg entlang zur nächsten Straßenecke. Tief gebückt und verdeckt von den parkenden Autos folgten ihm Charlotte, Merlin und Hugo auf gleicher Höhe. An der Ecke bog er rechts ab und lief die Straße ungefähr 200 Meter Richtung Stadtpark. Merlin überlegte schon, wie sie von Schlappenau ohne den Sichtschutz der Autos beschatten sollten, als dieser unvermittelt stehen blieb.

»Runter!« Charlotte warf sich hinter eine Rollsplittkiste, die am Straßenrand stand, und zog Merlin zu sich herunter. Hugo schlüpfte schnell hinterher. Von Schlappenau kramte in seiner Hosentasche und zog einen Schlüssel heraus. Nervös blickte er sich um. Dann schloss er die Fahrertür eines uralten, giftgrünen VW-Käfers auf und stieg ein.

Merlin konnte nicht glauben, was er sah. »Das gibt's doch nicht. Was will der denn mit so einer klapprigen Rostlaube? Nach Rolls-Royce sieht das aber nicht aus!«

»Stimmt«, meinte Charlotte. »Sagte er nicht, er ist stinkreich?«

Beim dritten Startversuch sprang der alte Käfer endlich an, und von Schlappenau lenkte ihn aus der Parklücke. Dann gab er Gas und fuhr los.

»Mist, der haut ab«, stellte Charlotte enttäuscht fest.

»Bis hierhin hat doch alles gut geklappt«, versuchte Merlin seine Freundin aufzumuntern.

»Ja, das schon. Aber ich hätte wissen müssen, dass von Schlappenau mit dem Auto unterwegs ist. Wie sollen wir ihn denn zu Fuß beschatten?«, fragte Charlotte bedrückt.

Hugo wollte sich nicht so leicht geschlagen geben. Mit zwei Sätzen sprang er auf die Straße und nahm laut kläffend die Verfolgung auf.

Kurz bevor der alte VW-Käfer an die nächste Kreuzung kam, bog Fips mit seinem Skateboard um die Ecke. Er fuhr mitten auf der Straße. Von Schlappenau konnte gerade noch ausweichen. Um ein Haar hätte er Fips frontal gerammt. Wild gestikulierend drückte er auf seine Hupe und fuhr davon. Fips kam vor Schreck ins Straucheln und krachte in einen Gartenzaun.

Charlotte und Merlin liefen sofort zu ihm.

»Ist dir was passiert?«, fragte Merlin.

»Nein, nein. Alles klar!«, stotterte Fips zitterig. Er war kreidebleich.

Merlin sah sich um. »Wo ist eigentlich Hugo?«

»Bestimmt jagt er immer noch von Schlappenau hinterher«, meinte Charlotte.

Ganz weit entfernt hörten Charlotte, Fips und Merlin ein leises Kläffen. Dann war alles still.

Der Pralinenladen

Hugo rannte wie der Blitz. Während von Schlappenau sich durch den dichten Straßenverkehr schlängelte, blieb Hugo auf dem weniger gefährlichen Gehweg. Er ließ den grünen VW-Käfer nicht aus den Augen. Auch wenn Hugo nicht so schnell war wie das Auto, konnte er doch an den vielen roten Ampeln immer wieder aufholen.

Hugo war völlig außer Atem. Hin und wieder musste er wie ein Kaninchen Haken schlagen, um Fußgängern oder Straßenlaternen auszuweichen. Ein Rauhaardackel, an dem er vorbeisauste, wollte unbedingt mitjagen. Nur leider hatte der einen älteren Herrn am anderen Ende seiner Leine. Als der Dackel Hugo hinterherflitzen wollte, riss er sein Herrchen fast von den Beinen.

»Bello, hierher! Aus! Sitz! Platz!«, hörte Hugo den erbosten Hundebesitzer schimpfen.

Neugierig warf Hugo einen kurzen Blick nach hinten, um nach den beiden zu sehen. Dabei übersah er zwei große Plastikkübel, die mitten auf dem Gehweg standen. Mit einem lauten Krachen raste er dagegen. Das Blumenwasser schwappte auf den benommenen Hugo, und mindestens fünfzig bunte Tulpen flogen durch die Luft. Hugo saß schließlich pitschnass in einem farbenprächtigen Blumenmeer. Drei Tulpen lagen auf seinem Kopf wie ein Blumenkranz. Die Kübel gehörten zur Auslage des kleinen Hommelsdorfer Blumenladens.

Völlig aufgelöst kam die Besitzerin Frau Rudolf aus dem Laden und schlug entsetzt die Hände über dem Kopf zusammen.

»Ojemine, was ist denn hier passiert?«, jammerte sie. Als sie Hugo, der ganz verwirrt aussah, zwischen ihren Tulpen entdeckte, hellte sich ihre Miene sofort wieder auf. »Ach, du Ärmster! Hast wohl meine Blümchen übersehen! Ich hoffe, dir ist nichts passiert.«

Lächelnd befreite sie Hugo von seinem Blumenschmuck und streichelte ihm liebevoll über den Kopf. Der fiepte kurz und schüttelte sich heftig. Bis auf ein leichtes Brummen in seinem Schädel ging es ihm gut. Nur leider war von Schlappenaus VW-Käfer inzwischen über alle Berge.

Da die Verfolgungsjagd ein plötzliches Ende gefunden hatte und Merlin sicher schon auf ihn wartete, beschloss Hugo, sich auf den Rückweg zu machen.

Aber plötzlich blieb er wie angewurzelt stehen und schnupperte. Diesen Duft kannte er doch!

Das war eindeutig derselbe, den er an Berno von Schlappenaus Jackett gerochen hatte. Da war er sich spürnasensicher. Hugo hielt die Nase in die Luft und versuchte herauszufinden, woher der Geruch kam.

Da öffnete sich ein paar Meter weiter eine Ladentür. Der Geruch wurde schlagartig stärker. Eine junge Mutter trat mit ihrer Tochter an der Hand auf die Straße. Das Mädchen hatte blonde Zöpfe, strahlte übers ganze Gesicht und hüpfte fröhlich. Die beiden kamen aus dem Pralinenladen von Gisela Greven, dem Lieblingsgeschäft der meisten Kinder in Hommelsdorf.

Hugo schlich vorsichtig näher. Doch plötzlich zuckte er zusammen: Ein Mann kam mit großen Schritten direkt auf ihn zu. Hugo knurrte leise, als er ihn erkannte, und duckte sich schnell unter ein geparktes Auto am Straßenrand: Es war der Mann, der eben noch in dem grünen VW-Käfer gesessen hatte und den er quer durch die Stadt verfolgt hatte!

Berno von Schlappenau schaute sich kurz um und betrat dann den Pralinenladen. Hugo schlüpfte unbemerkt mit in das Geschäft und versteckte sich schnell hinter einer Vitrine. Der Duft, der ihm entgegenströmte, benebelte ihn. Genauso hatte von Schlappenaus Jackett gerochen.

Er streckte seine Nase in die Luft und schnupperte erneut. Den Schokoladen- und Marzipangeruch verströmten die vielen Pralinen, die überall in den Regalen, auf dem Ladentisch und in der Auslage aufgereiht waren. Aber noch ein anderer intensiver Duft erfüllte den Raum. Hugo musste beinahe niesen, so sehr kitzelte ihn das schwere Parfum der Ladenbesitzerin Gisela Greven in der Nase. Sie stand hinter dem Verkaufstresen und strahlte übers ganze Gesicht.

Berno von Schlappenau deutete eine Verbeugung an und drückte ihr dann galant einen Kuss auf den Handrücken: »Meine liebste Gisela, ich bin untröstlich, dass ich mich so verspätet habe! Aber mir ist ein schreckliches Malheur passiert: Meine Aktentasche mit allen wichtigen Unterlagen, Ausweisen, Kreditkarten und meinem Handy ist mir heute gestohlen worden!«

»Ach, mein armes Bärchen, das ist ja furchtbar!« Gisela Greven starrte ihn entsetzt an. »Und so was bei uns in Hommelsdorf, man ist ja nirgendwo mehr sicher! Bist du schon bei der Polizei gewesen?«

»Nein, ich bin gleich zu dir geeilt! Ich wollte vermeiden, dass du dir Sorgen machst, denn ich konnte dich ja nicht anrufen. Aber ich werde das gleich nachholen und Anzeige erstatten.« Von

Schlappenau machte jetzt ein Gesicht, als hätte er plötzlich schreckliche Zahnschmerzen. »Mein Täubchen, könntest du mir bitte mit etwas Bargeld über die Feiertage aushelfen? Du bekommst es natürlich sofort zurück, meine Liebste, wenn ich meine Kreditkarten wiederhabe«, säuselte er.

»Aber natürlich, einen kleinen Moment, ich muss bloß schnell nachsehen, wie viel ich dahabe!« Gisela Greven öffnete rasch die Kasse und entnahm ihr ein Bündel Bargeld.

»Glücklicherweise habe ich die Einnahmen von dieser Woche noch nicht zur Bank gebracht. Reichen 1500 Euro fürs Erste?«, fragte sie.

»Aber natürlich, mein Täubchen, tausend Dank«, beruhigte von Schlappenau sie lächelnd. »So, und nun muss ich rasch auf die Wache und Anzeige erstatten, bevor noch jemand Schindluder mit meinen Dokumenten treibt! Aber ich komme später noch mal vorbei, ich habe nämlich eine Überraschung für dich, Liebste!«

Er verabschiedete sich mit einem Handkuss und wandte sich zum Gehen. Hugo schlüpfte schnell mit ihm hinaus. Dabei konnte er nicht widerstehen, im Vorbeihuschen eine Marzipan-Praline zu stibitzen. Nach dieser kleinen Stärkung machte er sich auf den Weg zurück zu Merlin, Charlotte und Fips.

Hugo war sich jetzt sicher, dass Berno von Schlappenau nichts Gutes im Schilde führte. Das sagte ihm sein Spürnasen-Instinkt. Und er wusste auch, was als Nächstes zu tun war: Er musste sein Herrchen unbedingt zum Pralinenladen von Frau Greven führen, denn das war der Ort, zu dem der Geruch des verdächtigen Mannes ihn geführt hatte. Sein Herrchen würde schon wissen, was dann zu tun war. Und vielleicht sprang ja sogar die eine oder andere Leckerei für ihn dabei heraus …

Hugo geht baden

Charlotte, Merlin und Fips waren mittlerweile wieder im Haus von Charlottes Eltern angekommen. Fips hatte sich von seinem Sturz ein wenig erholt. Mit einem Schokoriegel machte er es sich auf dem rosa geblümten Sofa in Charlottes Zimmer gemütlich. Charlotte tupfte sein aufgeschlagenes Knie mit einem Wattebausch ab, den sie vorher in Desinfektionslösung getaucht hatte.

»Auuupf, daf tut weh!«, beschwerte Fips sich mit vollem Mund.

»Halb so wild!«, stellte Charlotte fest und klebte ein Piraten-Pflaster auf die Schürfwunde.

Merlin tigerte unterdessen unruhig im Zimmer auf und ab. Von Hugo gab es immer noch keine Spur.

»Wie soll er denn wieder zurückfinden? Wir müssen ihn suchen!«

»Mach dir keine Sorgen, Merlin. Hunde haben einen perfekten Orientierungssinn«, versuchte Charlotte ihn zu beruhigen. »Wenn du willst, können wir …«

Weiter kam sie nicht. Mitten im Satz wurde

sie von einem seltsamen Geräusch unterbrochen. Es kam von draußen. Sofort liefen Charlotte und Merlin auf den Balkon vor ihrem Zimmer. Fips kam langsam hinterher. Die drei trauten ihren Augen nicht. Hugo hing mit seinen Vorderpfoten unten am Balkongeländer und suchte mit den Hinterbeinen zappelnd nach Halt.

Merlin staunte nicht schlecht. »Wow, schaut euch Hugo an. Ich hätte nie gedacht, dass ein Hund Klimmzüge machen kann.«

Charlotte und Fips waren ganz seiner Meinung. So einen akrobatischen Hund hatten sie noch nie gesehen.

»Wie kommst du denn hier rauf?«, fragte Merlin verdutzt.

»Wahrscheinlich ist Hugo über den Gartentisch auf das kleine Poolhäuschen gesprungen«, sagte Fips, »und wollte von dort aus auf den Balkon.«

»Mensch, Fips. Wahrscheinlich hast du recht«, sagte Merlin.

Charlotte verdrehte die Augen. »Wenn ihr noch länger rumquatscht, stürzt Hugo ab. Los, wir müssen ihn raufziehen.«

Sie beugte sich nach vorne und streckte sich, so weit sie konnte. Gerade als sie den Hund mit ihren Fingerspitzen erreicht hatte, setzte sich laut surrend eine dicke schwarze Fleischfliege auf Hugos Nase.

Hugo erschrak fürchterlich, als er in zwei große, grün schillernde Fliegenaugen blickte. Hektisch schlug er mit seiner linken Pfote nach dem aufdringlichen Insekt. Dabei verlor er den Halt und stürzte mit weit aufgerissenen Augen rückwärts in die Tiefe.

»Aah!«, Charlotte stieß erschrocken einen spitzen Schrei aus.

Glücklicherweise hatte Frau Fink, die Haushälterin der Familie Gymnich, genau in diesem Moment begonnen, im Erdgeschoss die elektrische Markise auszufahren. Hugo fiel rücklings auf den gelb-weißen Markisenstoff und wurde wie von einem Trampolin Richtung Garten geschleudert. Nach einem eleganten Doppelsalto landete er mitten im türkisblauen Familienpool.

Mit letzter Kraft schwamm Hugo zu den Schwimmbadstufen und schleppte sich ans rettende Ufer.

Fips applaudierte. »Wow, starker Sprung! Das war ja olympiareif!«

Charlotte zwickte ihn empört in die Seite. »Fips, lass das. Das hätte echt böse ausgehen können.«

Merlin atmete erleichtert auf. Für ihn zählte nur eins: Hugo war wieder da.

Der schlaue Fips

Während die drei so schnell wie möglich nach unten rannten, wartete Hugo pitschnass vor der Terrassentür. Charlotte kam als Erste nach draußen. Merlin war gleich hinter ihr. Sofort sprang Hugo wie verrückt an ihnen hoch und bellte.

»Ist ja gut, mein Kleiner!« Merlin wollte Hugo beruhigen und nahm ihn auf den Arm. Doch Hugo hüpfte sofort wieder runter und lief zum Gartentor. Dort kläffte er zweimal und rannte zurück.

»Keine Angst, Hugo. Hier kann dir doch nichts passieren!« Jetzt versuchte auch Charlotte, dem aufgeregten Hund gut zuzureden.

Doch Hugo war völlig aus dem Häuschen. Immer wieder raste er zwischen Terrasse und Gartentor hin und her und bellte, was das Zeug hielt.

»Ich glaub, er hat einen Schock oder so was!« Merlin machte sich langsam ernsthafte Sorgen.

Hinter ihm kam endlich auch Fips aus dem Haus. Er hatte etwas länger gebraucht, da er noch einen Erdnussbutter-Riegel in seiner Hosentasche gefunden hatte.

»Checkt ihr's nicht?« Fips setzte sich auf die Stufe

vor der Terrassentür und deutete mit dem angebissenen Riegel in Hugos Richtung. »Der will, dass wir mitkommen. Bestimmt will er uns was zeigen!«

Hugo lief zu Fips und sprang ihm auf den Schoß. Dann stellte er sich mit den Vorderpfoten an Fips' Brust und leckte ihm über das Gesicht.

»Na, seht ihr, wir verstehen uns!«, sagte Fips lachend.

Hugo bellte einmal kurz, drehte sich auf Fips' Schoß zweimal im Kreis und schnappte nach seinem eigenen Schwanz. Fips musste furchtbar lachen.

Diesen Moment nutzte Hugo, um unbemerkt von Fips' Erdnussbutter-Riegel zu probieren. Der war zwar nicht ganz so lecker wie die Praline aus Frau Grevens Laden, aber nach der ganzen Anstrengung eine willkommene Stärkung.

Dann sprang Hugo wieder von Fips' Schoß und sauste bellend zum Gartentor.

Charlotte, die zwischen Merlin und Fips stand, klopfte den beiden aufmunternd auf die Schultern. »Also los, Jungs. Wir wollen mal sehen, was Hugo uns so Wichtiges zu zeigen hat!«

Für Hugo war es ein Kinderspiel, den Weg zum Pralinenladen wiederzufinden. Er konnte sich genau daran erinnern, wie es an jeder einzelnen Straßenecke gerochen hatte und wo er entlanggelaufen war.

»Warte, Hugo!«, rief Merlin.

Hugo legte ein ordentliches Tempo vor. Merlin und Charlotte folgten ihm auf ihren Fahrrädern. Die beiden traten eifrig in die Pedale.

»Wartet auf mich!«, ächzte Fips. So schnell er konnte, schob er mit dem rechten Fuß sein Skateboard an und fuhr hinter den dreien her. Aber der Abstand zwischen ihnen wurde von Meter zu Meter größer.

Hugo hielt an jeder Ecke, an der sie abbiegen mussten, an und setzte sich kurz auf sein Hinterteil. Wenn Charlotte und Merlin näher kamen, wedelte er freudig mit dem Schwanz. Dann bellte er kurz und raste wieder los. So jagten Hugo, Charlotte, Merlin und Fips einmal quer durch Hommelsdorf.

Vor dem Laden von Frau Greven blieb Hugo sitzen und wartete, bis Charlotte und Merlin neben ihm von den Fahrrädern stiegen. Dann drehte er sich immer wieder winselnd um die eigene Achse. Dabei guckte er die beiden auffordernd an.

»Hier muss es sein!«, deutete Merlin Hugos wilden Kreistanz.

Charlotte sah ihn zweifelnd an.

»Die Frage ist nur, was Hugo uns hier so Wichtiges zeigen will.«

Merlin kam nicht mehr dazu, ihr zu antworten. Ein paar Meter weiter an der großen Ampel-Kreuzung entdeckten die beiden plötzlich einen giftgrünen VW-Käfer. Im gleichen Moment sprang das Lichtzeichen auch schon auf Grün, der Wagen fuhr mit quietschenden Reifen an, bog um die nächste Ecke und verschwand. Merlin und Charlotte hatten das Auto sofort erkannt.

Blumen für Frau Greven

»Das gibt's doch nicht!« Merlin konnte es kaum glauben. »Woher wusstest du, dass Berno von Schlappenau sich hier in der Gegend rumtreibt, Hugo?«

Stolz stellte der Hund beide Ohren auf und schnupperte zweimal in die Luft. Von der anstrengenden Raserei war er ganz schön außer Atem und hechelte wie wild.

»Vielleicht wohnt er hier irgendwo in der Nähe«, sagte Charlotte. »Aber wie sollen wir das rausfinden? Wir können ja nicht alle Häuser im Umkreis absuchen, das würde Stunden dauern. Warum ist er bloß nirgendwo mit seiner Adresse verzeichnet?«, seufzte sie und ließ die Schultern hängen.

»Und was machen wir jetzt?« Merlin kratzte sich ratlos am Kopf.

»Pssst!«, ermahnte ihn Charlotte plötzlich. Sie griff nach Merlins Sweatshirt-Kapuze und zog ihn in die kleine Hofeinfahrt neben dem Pralinenladen. »Der Schlappenau ist eben wieder um die Ecke gebogen, aber diesmal war er zu Fuß! Er darf uns auf keinen Fall sehen!«, flüsterte Charlotte aufgeregt.

Hugo versteckte sich hinter Merlin und schob die Schnauze durch dessen Beine. Als von Schlappenau näher kam, knurrte Hugo gefährlich. Er hatte gute Lust, dem eingebildeten Schnösel mal ordentlich in die Wade zu zwicken.

Ohne seine drei heimlichen Beobachter zu bemerken, stolzierte von Schlappenau in den Pralinenladen. In der Hand hielt er einen großen Blumenstrauß.

»Was macht der denn hier? Ich dachte, der muss zu einem Geschäftstermin?« Skeptisch guckte Charlotte so weit um die Ecke der Einfahrt, dass sie einen Blick durch das Schaufenster werfen konnte.

»Vielleicht kauft er nur schnell eine Schachtel Pralinen für Tante Friede!«, vermutete Merlin.

»Und wozu braucht er dann die Blumen?« Für Charlotte war klar, dass hier irgendetwas nicht mit rechten Dingen zuging. »Ich geh einfach mal in den Laden rein. Mich kennt er ja noch nicht.«

Entschlossen schlüpfte sie aus der Hofeinfahrt und stapfte Richtung Ladentür. Doch gerade als sie die Klinke herunterdrücken wollte, erschien Frau Greven an der Tür. Sie sperrte den Laden von innen zu und drehte das Schild um, das an der Glasscheibe hing. Genau in Charlottes Augenhöhe stand nun in dicken, roten Buchstaben: *Vorübergehend geschlossen.*

»Und jetzt?«, fragte Merlin, der hinter Charlotte aufgetaucht war.

Hugo war neben den beiden auf einen Zeitungskasten gesprungen und presste seine Schnauze ans Schaufenster. Angestrengt versuchten die drei etwas zu erkennen. Im Laden verschwand Frau Greven durch einen bunten Perlenvorhang. Dorthin war wahrscheinlich auch von Schlappenau gegangen.

»Schnell, lass uns nachsehen, ob es nicht hinten im Hof vielleicht ein Fenster gibt, durch das wir hineinschauen können«, sagte Charlotte und schlich geduckt los.

Merlin schnappte sich Hugo und wollte ihr mit dem Hund unterm Arm gerade folgen, als mit hochrotem Kopf endlich auch Fips auf seinem Skateboard vor dem Pralinenladen ankam.

»Waaartet!«, rief er atemlos.

»Scht, nicht so laut, Fips«, stieß Merlin zwischen den Zähnen hervor und bedeutete dem Freund, still zu sein. »Wir sind gerade dem Schlappenau auf der Spur! Wo warst du denn so lange?«

»Na ja, ich hab mir nur noch schnell in der Bäckerei Dampfnudel an der Ecke ein Schokohörnchen zur Stärkung geholt«, flüsterte Fips und wischte sich die Reste seiner kleinen Zwischenmahlzeit vom Mund.

»Du kannst doch nicht immer nur ans Essen

denken. Wir haben hier einen wichtigen Fall zu lösen«, zischte Merlin.

Charlotte war auch stehen geblieben und winkte den beiden aufgeregt zu: »Merlin, komm schon! Fips, du bleibst vor der Tür und schiebst Wache!«

»Und was soll ich tun, wenn er rauskommt?«, fragte Fips unsicher.

Doch Merlin war Charlotte bereits in den Hinterhof gefolgt und hörte ihn nicht mehr.

Auf frischer Tat ertappt

Über einen Bretterstapel kletterten Charlotte und Merlin zum Fenster im Hochparterre. Von hier aus konnten sie direkt in das Nebenzimmer des Pralinenladens gucken. Hugo sprang auf den Bretterstapel und blieb dort sitzen.

»Da sind sie!«, flüsterte Merlin.

Er stand auf Zehenspitzen neben Charlotte und zog sich mit der einen Hand am Fensterbrett ein wenig nach oben, um möglichst gut sehen zu können.

Das Zimmer war die Pralinenküche des Ladens. Überall standen kleine Töpfchen mit den verschiedensten Zutaten. Von Mandeln, Vanilleschoten über Zimtstangen bis hin zu getrockneten Früchten. Unzählige Glasgefäße waren gefüllt mit lilafarbenen, kandierten Veilchenblättern, schokoladenüberzogenen Kaffeebohnen, hellen und dunklen Schokostreuseln und leuchtend bunten Zuckerkügelchen.

Frau Greven stand an einem riesigen Bottich, in dessen Mitte sich langsam ein überdimensionaler Rührbesen drehte. Er war randvoll gefüllt mit einer rosarot eingefärbten Marzipanmasse.

Hugo, der nicht sehen konnte, was in der Pralinenküche vor sich ging, wurde langsam unruhig und winselte.

»Psst, Hugo!«, ermahnte ihn Merlin flüsternd. »Das Fenster ist nur angelehnt, die können uns hören!«

Merlin und Charlotte versuchten angestrengt zu verstehen, was drinnen gesprochen wurde.

»Meine liebste Gisela, nochmals vielen Dank, dass du mir heute aus der Patsche geholfen hast!«

Von Schlappenau holte den Blumenstrauß hinter seinem Rücken hervor und überreichte ihn Frau Greven. Sie war sichtlich geschmeichelt und kicherte erfreut.

»Hab ich's mir doch gedacht!«, flüsterte Charlotte. »Die Blumen sind schon mal nicht für deine Tante. Und es sieht auch nicht so aus, als würde der Halunke gerade Pralinen für sie kaufen!«

Merlin sah Charlotte verwirrt an. »Wieso schenkt dieser Schleimer Frau Greven so einen fetten Strauß?«

»Psst!«, ermahnte ihn Charlotte. Sie wollte auf keinen Fall etwas von der Unterhaltung verpassen und spähte weiter konzentriert über das Fensterbrett.

Frau Greven stellte die Blumen in eine grüne Glasvase, die sie aus dem Regal neben der Tür geholt hatte. Dann drehte sie sich zum Waschbecken an der anderen Wand und füllte die Vase mit Wasser.

»Das ist ja so süß von dir, Bärchen!«, säuselte sie.

Merlin traute seinen Ohren nicht und wäre fast rückwärts vom Bretterstapel gefallen. »Wieso nennt die den Freund von Tante Friede ›Bärchen‹?« Er wusste nun überhaupt nicht mehr, was er von der Szene halten sollte.

Während Frau Greven Berno von Schlappenau den Rücken zudrehte, kniete der sich auf den Boden. Merlin dachte zuerst, er würde seine Schnürsenkel zubinden. Doch stattdessen zog Berno von Schlappenau ein kleines Schächtelchen aus seiner Hosentasche und öffnete es. Charlotte schlug sich die rechte Hand vor den Mund. »Krass!« Dieser Anblick beeindruckte sogar sie. In einem winzigen roten Samtkissen steckte ein riesiger Diamantring. Er funkelte so stark, dass er die Kinder vor dem Fenster blendete.

Frau Greven drehte sich um und schien fast in Ohnmacht zu fallen, als sie von Schlappenau zu ihren Füßen knien sah.

»Liebste Gisela«, sagte er mit ernster Stimme.

Frau Greven begann augenblicklich zu schniefen und wischte sich mit dem Ärmel ihrer Bluse die Tränen aus den Augen.

Von Schlappenau räusperte sich kurz und fuhr fort: »Du bist die Einzige für mich. Ich möchte mein Leben mit dir teilen. Willst du mich heiraten?«

Merlin sank in die Knie und lehnte sich mit dem Rücken an die Wand. Er hatte genug gesehen.

»Dieser miese Schuft! Der hat doch gerade Tante Friede einen Heiratsantrag gemacht!«, flüsterte er aufgebracht.

Aus dem Fenster hörten sie ein vor freudiger Rührung geschluchztes »Ja« von Frau Greven. Hugo kommentierte es mit einem bösen Knurren. Neben Merlin ging nun auch Charlotte in die Hocke. Sie hatte mit ihrem Handy noch schnell ein Beweisfoto geschossen.

»Wir müssen deine Tante unbedingt warnen! Aber vorher möchte ich herausfinden, wo der feine Herr wohnt.«

»Wie sollen wir das denn anstellen? Wir haben doch im Internet rein gar nichts über ihn gefunden.«

Charlotte grinste ihn schelmisch an. »Ich hab da schon eine Idee!«

Handy gut, alles gut

Als Merlin, Charlotte und Hugo von ihrem Beobachtungsposten wieder auf die Straße kamen, stürmte Charlotte direkt auf Fips zu. Dieser hatte es sich auf einer Bank gegenüber dem Pralinenladen bequem gemacht und kaute genüsslich eine Nussschnecke.

»Schnell, Fips, ich brauche dein Telefon!«, rief Charlotte.

»Pfür waf denn?«, fragte Fips mit vollem Mund und zog sein Handy aus der Jackentasche.

»Wir brauchen es als Sender! Schnell, bevor von Schlappenau wieder rauskommt!« Charlotte schnappte sich das Gerät und tippte geschickt ein paar Tastenkombinationen ein. Dann stellte sie das Handy auf lautlos. »Wenn ich von deinem Handy eine Erlaubnis an meines schicke, kann ich es über ein spezielles Programm jederzeit orten«, erklärte sie.

Fips verstand nur Bahnhof. »Aber wozu willst du denn wissen, wo ich bin?«

»Nicht du! Der Schlappenau! Los, kommt, schnell. Wir müssen zu seinem Auto. Das steht bestimmt gleich hier um die Ecke!«

Merlin, Fips und Charlotte liefen gefolgt von Hugo auf die andere Straßenseite, überquerten die große Ampel-Kreuzung und bogen in die erste Querstraße ab. Sie mussten nicht lange suchen. Wenige Meter weiter hatte von Schlappenau seinen klapprigen Käfer geparkt.

Von Schlappenau hatte die Fenster nicht ganz nach oben gekurbelt. Ein schmaler Schlitz stand offen. Charlotte schob mit zwei Fingern vorsichtig Fips' Telefon hindurch. Schließlich gab sie ihm einen kleinen Schubs, sodass es auf der Rückbank landete.

Fips starrte sie entsetzt an. »Hey, mein Handy! Was, wenn der gleich damit wegfährt?«

»Genau das wollen wir doch!«, antwortete Charlotte und lachte.

Fips war mit Charlottes Antwort nicht wirklich zufrieden. »Unsere Charlie tüftelt wieder still und heimlich etwas aus, ohne dass Merlin und ich eingeweiht sind«, schmollte er.

»Keine Angst, du bekommst dein Telefon schon wieder zurück«, beruhigte ihn Merlin, ohne zu wissen, ob das wirklich stimmte.

Unterdessen kratzte Hugo hektisch mit der Pfote an Merlins Bein. Dabei gab er ein unterdrücktes Bellen von sich. Charlotte, Fips und Merlin verstanden sofort, was Hugo ihnen mitteilen wollte, und drehten sich um. »Achtung, er kommt!«, warnte Merlin.

Schnell liefen die Kinder auf die andere Straßenseite und versteckten sich hinter einer Plakatsäule. Von diesem Standort aus konnten sie alles gut überblicken. Hugo schnüffelte auf dem Boden nach etwas Essbarem und folgte ihnen langsam.

Nach zwei lauten Fehlzündungen sprang der grüne VW-Käfer stotternd an. Vor ihm wollte gerade eine alte Dame mit ihrem Einkaufswagen über den Zebrastreifen gehen. Doch anscheinend hatte Herr von Schlappenau es ziemlich eilig. Heftig schimpfend drückte er auf die Hupe und fuhr einfach los.

»Was für ein unausstehlicher Fiesling. Ich weiß gar nicht, wie meine Tante den nett finden kann!«, meinte Merlin kopfschüttelnd.

Charlotte zog ihr Handy aus der Tasche und tippte auf den Tasten herum. Nach ein paar schnellen Eingaben ertönte Sekunden später ein helles »Pling«.

»Bingo!« Strahlend hielt sie den Jungs ihr Handy vor die Nase. Darauf sah man einen kleinen, rot leuchtenden Punkt, der über eine Straßenkarte wanderte. »Jetzt sehen wir genau, wo von Schlappenau hinfährt, und können ihm mit unseren Rädern folgen!«

»Mann, Charlie! Du bist echt stark!«

Adel verpflichtet

Nach nur fünf Minuten blieb der rot leuchtende Punkt auf Charlottes Handy stehen und rührte sich nicht mehr von der Stelle. Anhand des Stadtplans konnten die Kinder erkennen, dass von Schlappenau in den Narzissenweg gleich hinter dem Hommelsdorfer Friedhof gefahren war.

»Okay, es kann losgehen, Jungs!«, rief Charlotte und stürmte zurück Richtung Pralinenladen, wo sie ihre Fahrräder gelassen hatten.

Hugo spürte, dass nun endlich wieder etwas passierte. Er drehte sich begeistert um die eigene Achse und bellte einmal kurz.

»Ich habe heute genug Sport gemacht«, stöhnte Fips und schnappte sich sein Skateboard.

»Halt dich einfach an mir fest«, schlug Charlotte vor, »ich ziehe dich!«

Hugo war schon einige Meter vorausgestürmt. Ungeduldig blickte er sich um und bellte aufgeregt.

»Los, komm, Merlin«, drängte Charlotte, »wir dürfen keine Zeit verlieren!«

So starteten die vier und machten sich auf den

Weg über den großen Marktplatz Richtung Friedhof.

Unterwegs mussten sie immer wieder anhalten, damit Charlotte einen Blick auf ihr Handy werfen konnte. »Wir sind gleich da!«, rief sie. Endlich erreichten sie die lange Friedhofsmauer. Kurz vor der Kreuzung zum Narzissenweg hielten sie an.

»Wir sollten die Räder hier stehen lassen und uns zu Fuß anschleichen!«, meinte Charlotte.

Vorsichtig lugte sie um die Ecke. Nicht weit entfernt sah sie den grünen VW-Käfer in einer Einfahrt stehen. Die Gegend war nicht unbedingt das eleganteste Viertel von Hommelsdorf. Viele Häuser hatten dringend einen neuen Anstrich nötig. In den Einfahrten standen überfüllte Mülltonnen, und zwischen den Gehwegplatten sprießte das Unkraut.

»Was macht von Schlappenau denn hier? Ist ihm das Haus nicht viel zu schäbig?«, fragte Fips verwundert. »Ich dachte, der ist ein Graf oder so was?«

»Wenigstens tut er so.« Merlin wurde langsam unheimlich zumute. Aber er musste jetzt die Zähne zusammenbeißen.

»Also los, Jungs! Mir nach! Hugo ist schon ganz ungeduldig.«

Tief gebückt schlichen die vier Detektive an

dem alten Holzzaun entlang zu der Einfahrt, in der von Schlappenaus Wagen parkte.

»Warum ist der nur hierhergefahren?«, flüsterte Merlin.

Neben dem Mülltonnenhäuschen befand sich das ehemalige Gartentor zu einem verwilderten Grundstück. Es war sehr verrostet und schien lange nicht benutzt worden zu sein. Das Haus war eher ein Schrebergartenhäuschen und machte einen verwahrlosten Eindruck. Über dem zugeklebten Briefkastenschlitz war ein Namensschild angebracht. Da es nur noch mit einer Schraube befestigt war, hing es schräg nach unten. Merlin legte seinen Kopf auf die Seite und las laut vor:

Bernd Schlappner

Fips überflog den Namen noch einmal und schüttelte den Kopf. »Und wer soll das sein?«

»Mann, Jungs! Kapiert ihr denn gar nichts?«, fragte Charlotte.

»Der Typ heißt gar nicht Berno von Schlappenau!« Sie sprach den Namen besonders hochnäsig aus und rümpfte die Nase dabei. »Der heißt in Wirklichkeit Bernd Schlappner. Das ist ein voll krasser Hochstapler!«

»Ich dachte, der wohnt in einem Schloss!«, grummelte Fips enttäuscht.

Merlin konnte es nicht glauben. Tante Friedes Freund hatte sie alle hinters Licht geführt. Er war nicht nur ein Heiratsschwindler. Er hatte auch keinen Adelstitel, besaß keine Pferdeställe und Swimmingpools in Südfrankreich. Und reich war er genauso wenig.

»So ein Mistkerl!« Mit dem Fuß stampfte Merlin, so fest er konnte, auf den Boden.

Hugo spürte Merlins Wut. Er knurrte wie ein ausgewachsener Schäferhund.

»Ist ja gut, Hugo!« Charlotte kraulte ihn hinterm Ohr. »Mach dir mal keine Sorgen. Dem werden wir es zeigen!«

Fips in Gefahr

»Sollten wir nicht lieber schnell zu Tante Friede fahren und ihr alles erzählen?« Merlin hatte Angst, dass Berno von Schlappenau – oder besser gesagt Bernd Schlappner – jeden Moment wieder aus dem Haus kommen würde. Wenn er entdeckte, dass sie ihn entlarvt hatten, würde es für sie sicher gefährlich werden.

»Wir brauchen noch ein paar stichhaltige Beweise!«, erklärte Charlotte entschlossen. »Fips und Hugo, ihr bleibt hier vorne und bewacht die Vorderseite. Merlin, du kommst mit mir. Wir schleichen uns von hinten an das Haus heran!«

Merlin merkte, dass ihm ganz langsam eine Schweißperle über die Stirn lief. Bevor er Charlotte davon abhalten konnte, verschwand sie durch das offene Gartentor und bog links ab in den schmalen Spalt zwischen Hecke und Gartenzaun. Natürlich konnte Merlin sie nicht alleine gehen lassen. Also atmete er einmal tief durch und folgte ihr.

Die Hecke war in einem trostlosen Zustand. Sie hatte bestimmt schon lange keine Gartenschere mehr gesehen. Charlotte und Merlin kämpften sich durch das Gestrüpp, bis sie an der Rückseite des Grundstückes angekommen waren.

»Von hier schaffen wir es zu dem kleinen Busch da vorne. Vielleicht können wir durch das Fenster etwas sehen!«, flüsterte Charlotte.

Mit eingezogenen Köpfen sprinteten Charlotte und Merlin zu dem vertrockneten Haselnussstrauch neben der Terrasse. Vor Aufregung hatte Merlin ganz vergessen zu atmen. So leise wie möglich versuchte er, das jetzt nachzuholen.

»Da ist er!« Charlotte hatte ein paar Zweige zur Seite geschoben. Durch die welken Blätter hatte sie einen guten Blick in Bernd Schlappners Wohnzimmer.

Merlin konnte nicht wirklich etwas sehen. Vorsichtshalber hielt er sich lieber hinter dem Rücken seiner Freundin versteckt. »Was macht der denn?«

»Sieht so aus, als würde er einen Koffer packen!«

Jetzt war Merlin doch neugierig. Vorsichtig schielte er über Charlottes Schulter. Im gleichen Moment wurde die Stille von einer lauten Autohupe durchbrochen. Charlotte und Merlin erschraken fürchterlich. Der durchdringende Ton wollte gar nicht mehr aufhören.

»Das kommt von vorne!«, stellte Merlin fest.

Schlappner hatte es auch gehört. Er stürmte aus seinem Wohnzimmer und war im Nu außer Sichtweite seiner Beobachter. Kurz darauf kam er wieder zurück.

»Oh, nein!«, stöhnte Charlotte.

Bernd Schlappner zog jemanden hinter sich her. Und dieser Jemand war Fips. Schlappner hatte ihn mit einer Hand am Ohr gepackt und wehrte mit der anderen ein paar verzweifelte Befreiungsschläge ab. Der arme Fips zappelte, was das Zeug hielt, und schrie dabei wie am Spieß. Doch gegen den viel stärkeren Mann hatte er keine Chance.

Mit ein paar geschickten Handgriffen drückte Schlappner ihn auf einen Stuhl neben dem offenen Kamin. Dann zog er eine geblümte Krawatte aus seinem Koffer und fesselte Fips die Hände hinter dem Rücken an die Stuhllehne. Damit sein Gefangener aufhörte zu schreien, stopfte er ihm eine bunt geringelte Socke in den Mund.

»Was machen wir denn jetzt? Wir können doch nicht … wir müssen doch … aber der ist doch … ojemine!« Hektisch blickte Merlin zwischen Charlotte und Schlappners Wohnzimmer hin und her.

Inzwischen war auch Hugo zu ihnen gekommen. Aufgeregt hüpfte er an Merlin hoch und fiepte. Der Hund hatte vor dem Haus zusehen müssen, wie Fips von Schlappner erwischt worden war.

Fips war zum Wagen geschlichen, um sein Handy zurückzuholen. Durch ein offenes Autofenster hatte er sich bis zum Hosenbund in das Auto gehängt. Das Handy hatte so tief zwischen den Sitzen gelegen, dass Fips das Gleichgewicht verloren und kopfüber zwischen Lenkrad und Fahrersitz gerutscht war. Mit seinem Po war er genau auf der Hupe gelandet. So war er stecken geblieben, bis Bernd Schlappner gekommen war und ihn an den Beinen wieder herausgezogen hatte.

Pralinen für Schlappenau

Fips musste so schnell wie möglich wieder befreit werden. Und Tante Friede und Frau Greven mussten unbedingt darüber informiert werden, dass sie auf einen Betrüger hereingefallen waren.

»Vielleicht rufen wir jetzt besser die Polizei«, schlug Merlin vor. Denn er konnte sich nicht vorstellen, wie sie diese gefährliche Situation alleine meistern sollten.

»Alles zu seiner Zeit!«, flüsterte Charlotte und gab etwas in ihr Handy ein. »Zuerst müssen wir diesen Schlappner überführen!«

Sie rief im Pralinenladen an. Es läutete zweimal, dann hob Frau Greven den Hörer ab.

»Grevens Pralinenschächtelchen! Was kann ich für Sie tun?«, säuselte es am anderen Ende der Leitung.

Jetzt war Charlotte dran. Beim Sprechen verstellte sie ihre Stimme und ahmte einen französischen Akzent nach. »Gutön Tag. Ier schprischt Françoise Ralapatat! Isch bräuschtö bittö gons dringönd einö großö Auswahl von Ihrö bestö Pralinö!«

Als Lieferadresse gab sie Schlappners Anschrift

an und verabschiedete sich mit einem akzentfreien »Au revoir«.

»Du bist genial!« Merlin war schwer beeindruckt.

»Jetzt müssen wir nur noch Tante Friede hierherlotsen«, meinte Charlotte. »Wenn sie und Frau Greven gleichzeitig hier auftauchen, fällt Schlappner bestimmt keine Ausrede mehr ein!«

Merlin hatte auch schon eine Idee. »Wir schicken Tante Friede einfach das Bild, das du von Schlappners Heiratsantrag gemacht hast, auf ihr Handy, die Nummer hast du ja noch in der Anrufliste! Dazu schreiben wir die Adresse von Schlappner. So wie ich Tante Friede kenne, wird sie bestimmt nicht lange auf sich warten lassen.«

Bei der Vorstellung einer vor Eifersucht rasenden Tante Friede musste Merlin schmunzeln.

»Lass uns vors Haus gehen, Charlie! Das will ich auf gar keinen Fall verpassen.«

Hinter den vier Mülltonnen in der Einfahrt fanden Charlotte, Merlin und Hugo ein perfektes Versteck mit direktem Blick auf den Hauseingang. Sie mussten nicht lange warten, bis die erste der beiden Damen eintraf.

»Das ging aber schnell! Wenn die wüsste …«, flüsterte Merlin und ging hinter der blauen Papiertonne in Deckung.

Laut knatternd bog Frau Greven mit ihrem rosaroten Lieferwagen um die Ecke. Das Gefährt sah aus wie ein fahrendes Bonbon. Es hatte eine klitzekleine Fahrerkabine, drei Räder und hinten eine richtige Ladefläche. Auf der Seite stand in türkisfarbenen Buchstaben:

Pralinen von Greven –
Ein himmlisches Vergnügen!

»Das Vergnügen wird ihr leider gleich vergehen!«, sagte Charlotte flüsternd und zog Hugo ein wenig näher zu sich heran.

Fröhlich pfeifend stieg Frau Greven aus und schnappte sich die große, rosafarbene Schachtel, die sie auf der Ladefläche transportiert hatte. Mit ihrer süßen Lieferung tippelte sie auf ihren hochhackigen Schuhen zum Eingangstor und drückte auf den Klingelknopf. Im Haus hörte man ein schrilles Läuten.

»Wo bleibt denn Tante Friede?«, fragte Merlin unruhig.

Wie auf Kommando schoss auf einmal ein silberner Sportflitzer in den Narzissenweg und legte mit quietschenden Reifen eine Vollbremsung hin. Die Autotür flog auf, und Tante Friede hechtete, so schnell es ihre Leibesfülle zuließ, aus dem Auto. Anscheinend hatte sie Charlottes Nachricht erreicht, als sie im Bad gewesen war. Über ihrem Nachthemd trug sie einen offenen Bademantel, an den Füßen hatte sie zwei rosafarbene Pantöffelchen. Ihre Haare waren auf bunte Lockenwick-

ler aufgedreht und ihr Gesicht komplett mit einer hellgrünen Pflegemaske bedeckt. An ihrer linken Wange hing eine dünne Gurkenscheibe, die kurz davor war, herunterzufallen.

So wie sie mit ihrem wehenden Mantel auf Frau Greven zustürzte, hätte man sie leicht für die

verrückte Tante von Superman halten können. Sie erkannte Frau Greven sofort als die Dame auf dem Foto, das sie gerade zugeschickt bekommen hatte. Bestimmt nahm sie an, dass Frau Greven ihr den reichen Verlobten wegschnappen wollte.

»Siiiiiiiiiiie! Sie hinterhältiges Biest! Sie sind ja wohl das Aller…« Ihre heftige Schimpftirade wurde abrupt unterbrochen, als sich die Haustür öffnete. Auf der Schwelle stand Bernd Schlappner, der Verlobte der beiden Damen. Als er Tante Friede und Frau Greven erkannte, wurde er mit einem Schlag kreidebleich.

Tante Friede war baff. »Schnäuzelchen!«

»Bärchen!« Auch Frau Greven verstand jetzt gar nichts mehr.

»Es ist nicht so, wie ihr denkt. Äh, ich … also es ist so …«, stotterte Bernd Schlappner. Aber ihm schien keine plausible Erklärung einzufallen. Die beiden aufgebrachten Damen stürmten auf ihn zu und schnatterten gleichzeitig auf ihn ein.

Frau Greven hatte die Sachlage als Erste begriffen und zog Schlappner die rosa Pralinenschachtel schwungvoll über den Schädel. Jetzt fiel auch bei Tante Friede der Groschen. Sie schnappte sich einen alten Blumentopf, der neben der Tür auf dem morschen Mäuerchen stand. Der Topf war bis zum Rand gefüllt mit brackigem Regenwasser. Tante

Friede schüttete es dem falschen Adeligen mitten ins Gesicht.

»Das läuft ja wie geschmiert!«, flüsterte Charlotte strahlend und drehte sich zu Merlin um. »Schnell! Lass uns Fips da rausholen, solange sie beschäftigt sind.«

Rettung von oben

Charlotte, Merlin und Hugo schlichen zurück auf die Terrasse hinter dem Haus. Durch das große Fenster sahen sie ihren Freund, der immer noch gefesselt auf dem Stuhl saß und den Kopf hängen ließ. Merlin klopfte an die Scheibe. Fips riss die Augen auf und rutschte auf dem Stuhl hin und her. Man konnte ihm ansehen, wie erleichtert er war.

Charlotte rüttelte an der Terrassentür. »Mist, sie ist verriegelt!«

»Wir müssen irgendwie da reinkommen«, sagte Merlin und sah sich das Haus genauer an. Es war ein einstöckiger Bungalow mit einem Flachdach. Dicke Eisengitter sicherten die Fenster neben der Terrassentür. Oben ragte ein großer Schornstein aus dem Gebäude.

»Komm, Charlie«, sagte Merlin. »Wir versuchen es übers Dach.«

»Ja, sofort! Aber zuerst verständigen wir die Polizei! Nicht, dass uns der Schlappner am Ende noch durch die Lappen geht.«

Charlotte wählte rasch die Notrufnummer, gab

die Adresse von Bernd Schlappner an und bat um Verstärkung.

Dann stiegen sie über einen wackeligen Stapel leerer Getränkekisten auf das kleine Mäuerchen am Rand der Terrasse. Von dort aus konnte sich Merlin auf das Dach ziehen. Charlotte reichte ihm Hugo nach oben und kletterte dann hinterher. Die drei schauten sich nach einem Einstieg ins Haus um.

»Es gibt keine Dachfenster«, sagte Charlotte enttäuscht. »Aber vielleicht können wir durch den Schornstein reinkommen.«

»Da passen wir auch nicht durch«, sagte Merlin enttäuscht, nachdem sie einen Blick hinein geworfen hatten.

Neugierig sprang Hugo auf den Ziegelsteinrand des Schornsteins.

»Vorsicht, Hugo«, warnte Merlin, »pass auf, dass du nicht reinfällst!«

Kaum hatte er das gesagt, war es auch schon passiert. Hugo hatte sich zu weit nach vorne gelehnt und stürzte kopfüber in den Schornstein. Merlin versuchte noch, nach ihm zu greifen, doch er war zu langsam. Hugo sauste nach unten und verschwand in dem schwarzen Loch.

Es war stockfinster. Der Kamin wurde nach unten hin enger, und so wurde Hugos Abfahrt gebremst. Er blieb sogar beinahe stecken. Erschöpft zwängte er sich durch den schmalen Spalt und plumpste in den Haufen Asche, der auf der alten Feuerstelle lag. Sein Aufprall verursachte eine große, schwarze Staubwolke. Hugo musste zweimal heftig niesen. Obwohl er sich stark schüttelte, war sein Fell von der Asche ganz schwarz.

Auf einem Stuhl mitten im Zimmer saß Fips. Hugo lief zu ihm, sprang auf seinen Schoß und leckte ihm über das Gesicht. Doch anstatt ihn wie sonst mit beiden Händen zu knuddeln, gab Fips nur unverständliche Laute von sich. Er hielt seine Arme hinter dem Rücken und zappelte wild auf dem Stuhl herum.

Da Hugo gestreichelt werden wollte, sprang er auf den Boden, umrundete den Stuhl und machte sich an Fips' gefesselten Händen zu schaffen. Mit den Schneidezähnen schaffte Hugo es problemlos, den Knoten in der Krawatte zu lockern.

Als seine Hände befreit waren, sprang Fips auf und riss sich den Knebel aus dem Mund. Zum Dank knuddelte er Hugo. Jetzt war auch Fips voll schwarzer Asche und sah aus wie ein Schornsteinfeger.

Charlotte und Merlin, die nach Hugos Sturz in den Schornstein schnurstracks vom Dach geklettert und auf die Terrasse gelaufen waren, hatten die Befreiungsaktion durchs Fenster beobachtet. Fips öffnete die Terrassentür und fiel seinen Freunden um den Hals.

»Danke, das war knapp! Hab ich einen Kohldampf«, seufzte er erleichtert.

Die ganze Wahrheit

Vor der Tür schimpften Tante Friede und Gisela Greven immer noch lautstark auf Bernd Schlappner ein. Also nutzten sie die Gelegenheit, um sich im Wohnzimmer ein bisschen umzusehen. Es schien wirklich so, als ob Schlappner verreisen wollte. Der Koffer auf dem Sofa war bereits halb gepackt.

»Sieht so aus, als ob der echt abhauen wollte!«, stellte Charlotte fest.

»Mann, der ist ja doch steinreich!« Fips zeigte auf drei dicke Geldscheinbündel, die fein säuberlich gestapelt nebeneinander auf dem Couchtisch lagen.

»Ich glaube nicht, dass das seine Kohle ist«, warf Merlin ein.

Bei genauerem Hinsehen entdeckten sie unter jedem Stapel einen kleinen Zettel. Darauf stand jeweils ein Name. Die beiden ersten Stapel waren Gisela Greven und Friede Feldmann zugeordnet.

»Das muss das Geld sein, das der miese Betrüger den beiden heimlich abgeluchst hat. Das hätten die bestimmt nie wiedergesehen!«, sagte Merlin.

»Frau Greven und deine Tante müssen ihr Geld sofort zurückbekommen«, meinte Charlotte.

Der Name auf dem Zettel unter dem dritten Stapel war nicht sofort zu erkennen. Merlin zog ihn nach vorne und schrie auf. »Igitt, der Typ schreckt ja wirklich vor gar nichts zurück!«, sagte er mit einem Gesicht, als hätte er in eine Zitrone gebissen.

Auf dem Zettel stand: *Gerda Schimmsel*! Offensichtlich war auch die Direktorin auf Schlappner hereingefallen.

»Die alte Bissgurke hätte den fiesen Kerl ruhig heiraten dürfen«, sagte Fips lachend.

»Wir kamen wirklich in allerletzter Minute«, rief Charlotte. In der Hand hielt sie einen farbigen Computerausdruck.

»Was hast du denn da?«, fragte Merlin neugierig.

»Ein Flugticket nach Rio de Janeiro in Brasilien! Nur der Hinflug! Der Typ wollte sich ins Ausland absetzen!«

Kaum hatte Charlotte den Satz zu Ende gesprochen, als mit lautem Poltern die Tür aufgerissen wurde. Ein Mann in Uniform stürmte mit gezogener Pistole herein und schrie: »Hände hoch! Polizei!«

Die vier erschraken fürchterlich. Hugo warf sich flach auf den Boden und bedeckte seine Augen mit den Vorderpfoten. Zum Glück tauchte hinter dem Polizisten Tante Friede auf. Im Haar trug sie immer noch ihre Lockenwickler. Empört legte sie dem

Polizisten eine Hand auf den Arm und rief: »Junger Mann, sofort weg mit der Waffe. Die Herrschaften gehören zu mir!«

Bernd Schlappner war von der ganzen Situation so überrumpelt, dass er keine Anstalten machte, zu fliehen.

Er hatte immense Schulden und war seit vier Jahren arbeitslos. Sein Adelstitel war genauso erstunken und erlogen wie all die anderen Geschichten. Er besaß weder einen Rolls-Royce noch ein Schloss. Mit ein paar Tricks hatte er Tante Friede und Frau Greven insgesamt um über 35 000 Euro erleichtert. Dazu kamen noch 7500 Euro von Gerda Schimmsel.

»Ich danke euch, Kinder! Ihr habt mich vor einer Riesendummheit bewahrt!« Tante Friede küsste Merlin auf beide Wangen.

»Gern geschehen!«, gab Merlin mit süßsaurem Lächeln zurück. Als Tante Friede wieder nach draußen geeilt war, rubbelte er so kräftig wie möglich mit seinen Handrücken über die Backen. Er hasste es, abgeknutscht zu werden, besonders von älteren Damen.

Charlotte nahm den verschüchterten Hugo auf den Arm und folgte Tante Friede. »Los, kommt! Jetzt wird hoffentlich der Schlappner zur Abwechslung mal gefesselt!«

Die Polizisten hatten Bernd Schlappner Handschellen angelegt. Er wurde abgeführt und zur Polizeiwache gebracht.

»Das sind also unsere Helden!«, rief Frau Greven, als sie Merlin, Charlotte, Hugo und Fips sah. Merlin hatte das Pech, als Erster durch die Tür zu kommen. Frau Greven schnappte ihn sich und drückte ihm zwei fette Schmatzer ins Gesicht.

Die Schwarze Pfote

Nach der Festnahme Bernd Schlappners machten sich Merlin, Hugo, Charlotte und Fips auf den Heimweg. Sie mussten ihren Eltern unbedingt von den spannenden Ereignissen erzählen. Sie verabredeten aber, sich gleich am nächsten Tag wiederzutreffen, um ihren Erfolg gebührend zu feiern.

Die stolzen »Helden«, wie Frau Greven sie genannt hatte, trafen sich tags darauf im Hause Gymnich. Frau Fink, die Haushälterin, hatte die Tür geöffnet und begleitete Merlin, Fips und Hugo nach oben. In der Hand hielt sie ein Tablett mit drei Gläsern Zitronenlimonade und einem kleinen Schüsselchen Wasser für Hugo.

»Fräulein Gymnich wartet schon auf euch!«, sagte sie.

Charlotte saß vor ihrem aufgeklappten Laptop. Als Merlin, Fips und Hugo in ihr Zimmer kamen, gab sie ihrem Schreibtischstuhl einen kleinen Schubs und drehte sich zu ihnen. »Jetzt, wo wir seinen richtigen Namen wissen, habe ich im Internet einiges über ihn gefunden«, sagte sie. »Demnach hat er früher in Frankfurt gelebt. Dort wurde er schon mehrfach verhaftet. Mal als Verdächtiger bei einer Einbruchserie, mal wurde er mit einer Schmugglerbande in Verbindung gebracht.«

»Und warum saß er dann nicht im Gefängnis?«, fragte Fips verwundert.

»Bisher konnte man ihm nie etwas nachweisen. Deshalb war es wirklich höchste Zeit, dass er überführt wurde«, erklärte Charlotte.

»Und das haben wir besonders einem zu verdanken.« Merlin zog Hugo unter Charlottes Schreibtisch hervor. Er nahm ihm den rosaroten Hausschuh, auf dem er gerade herumgekaut hatte, aus dem Maul. Dann hielt Merlin den kleinen Hund stolz in die Höhe und rief: »Bravo, Hugo!«

»Wenn Hugo uns nicht zum Laden von Frau Greven geführt hätte, wären wir Bernd Schlappner bestimmt nicht so schnell auf die Schliche gekommen«, sagte Charlotte. Zärtlich kraulte sie Hugo hinterm Ohr. »Und ohne dein Herrchen wärst du gar nicht bei uns«, fügte sie hinzu und zwinkerte Merlin zu.

»Na ja«, sagte Merlin verlegen, »ohne Fips hätten wir gar nicht verstanden, dass wir Hugo zum Pralinenladen folgen sollten.«

»Und dank Charlies Trick mit dem Handy konnten wir überhaupt erst rausfinden, wer der Kerl wirklich war«, rief Fips.

»Ich finde, wir sind ein unschlagbares Team. Was haltet ihr davon, wenn wir einen Detektivclub gründen? Wer weiß, wie viele Diebe und Betrüger sich noch in Hommelsdorf herumtreiben?«, schwärmte Charlotte mit leuchtenden Augen und guckte die beiden Jungs erwartungsvoll an.

Merlin und Fips waren sofort begeistert von ihrer Idee.

»Wir brauchen aber auch einen coolen Namen«, sagte Merlin.

Fips tippte sich mit dem Zeigefinger auf die Nase. Ein klares Zeichen dafür, dass er intensiv nachdachte.

»Wie wär's mit ›Die fantastischen Vier‹. Oder ›Die vier Fragezeichen‹, oder ›Hugo und die Detektive‹?«

»Nee«, Merlin schüttelte den Kopf, »es muss was ganz Neues sein!«

Charlotte grinste plötzlich. Mit einem Funkeln in den Augen sagte sie: »Ich hätte da schon einen Vorschlag.« Sie wandte sich wieder ihrem Laptop zu und tippte etwas ein. Für einen kurzen Moment wurde der Bildschirm weiß. Dann erschienen nacheinander einzelne Buchstaben und bildeten drei Wörter.

»Die Schwarze Pfote«, las Merlin laut vor.

Fips pfiff beeindruckt durch seine Vorderzähne.

»Wer ist dafür?«, fragte Charlotte.

Sofort rissen alle drei die Hände nach oben. Und weil Hugo am liebsten alles nachmachte, hob er auch eine Pfote. Zufälligerweise war es seine linke Vorderpfote. Die einzige schwarze.

Ende gut, alles gut

Am Abend hatte Frau Greven die Kinder mit Hugo und Tante Friede in ihr Pralinengeschäft eingeladen. Die beiden betrogenen Damen hatten sich ganz besonders hübsch gemacht. Natürlich war es für sie ein Schock gewesen, ihren Verlobten so schnell wieder zu verlieren. Doch sie waren überglücklich, dass der Betrüger es nicht geschafft hatte, seinen Plan umzusetzen und mit ihrem Geld durchzubrennen.

»Wie konnte ich nur so dideldadeldumm sein!«, trällerte Tante Friede. Von dem Champagner, den sie mitgebracht hatte, war sie schon ein wenig beschwipst.

»Ach, Friede, wir beide hatten eben viel zu lange die rosarote Brille der Verliebten auf der Nase! Und wir waren ja auch nicht die Einzigen, die dieser Schlappner hinters Licht geführt hat«, rechtfertigte Frau Greven ihre Gutgläubigkeit.

Damit meinte sie Merlins Schuldirektorin Frau Schimmsel. Denn Bernd Schlappner war so dreist gewesen, auch ihr einen Antrag zu machen. Die Polizei hatte Frau Schimmsel vorsichtig beigebracht, dass sie sich ihre sehnlichst erwartete Hochzeit leider abschminken konnte.

Hugo bekam von dem Gespräch nichts mit. Er lag zu Merlins Füßen und döste vor sich hin. Er fühlte sich pudelwohl. Nach seinem Ausflug in Schlappners Kamin hatte Merlin ihn im Garten der Feldmanns mit dem Schlauch abgespritzt und sauber gerubbelt. Um den Hals trug Hugo eine rote Schleife. Die hatte Charlotte ihm umgebunden und ihm dabei liebevoll ins Ohr geflüstert: »Du musst besonders gut aussehen. Schließlich bist du eindeutig der Held des Tages.«

Charlotte, Merlin und Fips saßen an dem kleinen Bistrotischchen im Verkaufsraum des Pralinenladens. Vor ihnen waren die leckersten Köstlichkeiten aufgestapelt, die »Grevens Pralinenschächtelchen« zu bieten hatte. Es war wie im Schlaraffenland. Pralinen in den buntesten Farben türmten sich auf Schokoladentafeln in allen Geschmacksrichtungen. Daneben stand ein ganzer Zoo aus Marzipan- und Zuckergusstierchen.

»Das ist wirklich sehr nett von Ihnen!« Genüsslich biss Merlin den Höcker eines Marzipankamels ab.

Auch Charlotte bedankte sich höflich. »Vielen Dank, Frau Greven. Aber so viel können wir ja niemals essen.«

Fips konnte schon, zumindest gab er sich alle Mühe. Er sah aus wie ein Hamster, der sich die Vorräte für die nächsten drei Winter in die Backen gestopft hatte. In den Händen hielt er eine Walnusspraline und einen Zuckergusselefanten, die nur darauf warteten, von ihm verspeist zu werden. So glücklich und zufrieden war Fips schon lange nicht mehr gewesen. Tante Friede zückte ihre Geldbörse und überreichte jedem von ihnen 50 Euro.

»Und ich bezahle als Belohnung Hugos Hundefutter für ein ganzes Jahr! Als neues Mitglied der Familie Feldmann soll es ihm an nichts mangeln!«, verkündete sie.

»Ohne ihn wärt ihr schließlich nie zu mir in den Laden gekommen«, stimmte Frau Greven ein.

Feierlich erhoben die beiden Damen ihre Gläser. »Auf Hugo! Unseren Retter!«

»Wo steckt der überhaupt?« Merlin blickte sich suchend um. Er konnte ihn nirgendwo entdecken.

Plötzlich hörten sie aus dem Nebenzimmer ein lautes Platschen. Außer Fips liefen alle nach nebenan. Als sie entdeckten, was das Geräusch ausgelöst hatte, brachen sie in schallendes Gelächter aus. Mitten in der riesigen Marzipan-Rührschüssel saß Hugo. Eigentlich hatte er nur vorgehabt, zum Probieren seine Zungenspitze hineinzutauchen. Doch dann war er beim Hochklettern ausgerutscht und kopfüber in die Schüssel geplumpst. Nun war er komplett mit der süßen Masse überzogen.

»Hugo, du siehst ja aus wie eine Marzipankartoffel!«, kicherte Frau Greven.

»Rosarote Marzipan-Hugos, das wird der neueste Verkaufsschlager!«, brach es aus Tante Friede heraus.

Hugo leckte sich begeistert über die Nasenspitze. Merlin schüttelte lachend den Kopf.

»Oh, Mann, Hugo! Ich bin ja mal gespannt, was wir mit dir noch alles erleben!«

Inhalt

`Benedikt Weber`, geboren 1974 in München, ist vielen Kindern als Fernsehmoderator von Kinder- und Jugendsendungen bekannt. Heute arbeitet er als Drehbuchautor, Regisseur und Produzent für verschiedene Fernsehsender. Als Synchronsprecher gibt er internationalen Kino-, TV- und Animationsstars seine Stimme. Benedikt Weber lebt mit seiner Frau und seinem Labrador Hugo in München.

`Zapf`, 1980 in Berlin geboren, studierte Kunst und Deutsch auf Lehramt und merkte bald, dass er lieber Spuren auf Papier als Noten in Heften hinterlässt. Seit dem Studium ist er als freischaffender Illustrator im Jugend- und Kinderbuch tätig. Zapf lebt derzeit am Bodensee.

Coole Krimis für clevere Spürnasen von Benedikt Weber

Bankraub in der Hommelsdorfer Sparkasse! Die Polizei tappt im Dunkeln. Aber der Club der Schwarzen Pfote ist dem Täter auf der Spur, und Hugo liefert das entscheidende Beweisstück ...

€ 10,95 (D) / € 11,30 (A) / sFr 17,50
ISBN 978-3-939944-77-5

© D. Kraus

www.tulipan-verlag.de

© Tulipan Verlag GmbH, Berlin 2011
Alle Rechte vorbehalten
1. Auflage 2011
Text: Benedikt Weber
Bilder: Zapf
Layout und Satz: www.ilkalinz.de
Umschlaggestaltung: www.anettebeckmann.de
Druck: GGP Media GmbH, Pößneck
ISBN 978-3-939944-76-8
www.tulipan-verlag.de